エプロンの似合うギャル
なんてズルい

番棚 葵

MF文庫J

CONTENTS

口絵・本文イラスト ●浮輪汽船

第一話　勉強始めました

「えっ、それマ!?　ガチでそんなことあったの!?」

「うん、ガチ、ガチ！　一目惚《ぼ》れしたアクセでさぁ、家にお金取りに行ったらもう売り切れてるし！　もう、逆にすごくない？　ウチ、びっくりしたよ～」

　ふと、そんな声が聞こえてくる。先日高校一年生になったばかりの鹿島《かしま》翔一《しょういち》は、読んでいた本から思わず目を離してそちらを見た。

　別に会話の内容が気になったわけではない。単に声が大きくて驚いたのだ。

　教室は、がやがやと活気のある声に包まれている。昼休みという時間に、まだ遊び盛りの学生たちが集った結果だ。

　彼らは実に、多種多様な話に花を咲かせている。

　話題の動画配信者、新作のコスメ。今度はどこに遊びに行こうか。それはいつにしよう。ライブなんてどう。えー、自分はカラオケがいい。そっちも久しぶりにいいかもね。

　特に教室の中央、派手に制服を着崩して、化粧やアクセなどの装飾を施してる少女たちから、その騒ぎ声は顕著に聞こえてきた。翔一《しょういち》の読書を中断させた声も、彼女たちから聞こえてきたものだ。

「あー、あのブレス欲しかったなぁ。ちょうどその時、お財布忘れてたんだよね。ウチ、サ○エさんみたい」

「何それ、ウケる～！　大丈夫、そのうちまたいいヤツ見つかるっしょ！」

「うん。それにすぐ売り切れたってことは、アクセ見る目は確かだったってことだしね。それがわかっただけでも、プラスじゃないの」

「えへへ、そうかな、自信持っていい？」

「うん、持っていいって！　でも今度からは財布もちゃんと持ちなさいよ！」

そして、どっという笑い声。それだけで教室が明るくなる。

彼女たちはいわゆる「ギャル系」と呼ばれる少女たちであり、このクラスでも垢抜《あかぬ》けた存在として、主に男子生徒から注目を集めていた。

「うちの女子って、本当に可愛《かわい》い子多いよな」

「うんうん、レベル高いと思う」

「おれ、この学校に入れて良かったよ」

そんなことを浮き浮きとつぶやきながら、今度集団で遊びに誘ってみようかと、男どもは互いを肘でつつき合って笑っている。

実に思春期の少年らしい、色気づいた行動だ。

そして、翔一はそのようなものにみじんも興味がなかった。

(遊んでる余裕なんてないからな……そんなひまあるなら、勉強しないと)

内心でつぶやくと、今まで目を通していた本の表紙を眺める。漫画やライトノベルといった若者向けのものではない。知識を学ぶための学術書だった。

学生であるうちは、勉強に勤《いそ》しむべきというのが、彼の持論だった。

別に学ぶことが好きなわけではない。ただ、その方が知識という財産を蓄えられるし、将来望む道にも進みやすくなる。つまり、合理的だ。根が真面目《まじめ》——というより少し固い——彼は、常に合理性のある行動を追求する性分だった。

そんな彼の今の生活は、休み時間だろうと家だろうと、読書や勉強で知識を増やすストイックなものであり、コスメやらライブやらカラオケといった娯楽には縁遠かった——いや、コスメはどうあがいても縁遠くなるだろうが。

当然、ギャル系の少女たちにも興味がわかない。少し騒がしい連中、ぐらいの認識だ。

(あいつらもどうせ雑談で盛り上がるなら、もっと教養のある話題にしてくれないかな……最近発見された、今までのものを超える新しい再生医療用の細胞の話とかでもいい。あれは臓器移植問題にも色々と絡んでいて、俺も関心を持っているんだが)

そんなの、ギャルじゃねぇよと誰かがツッコミを入れそうだが、翔一は割と大真面目に思っていた。人に話題をあわせない、朴念仁《ぼくねんじん》なところが彼にはある。

その翔一《しょういち》の密《ひそ》かな期待が、もちろん伝わるはずもなく、ギャル系の少女たちは会話を秒単位で切り替えながら、話を続けていった。

「……それでさぁ、その動画結構バズってたらしいじゃん。削除されるなんて思わなかったよ。ウチ、すっごく驚いた！」

「削除って。一体何をしたのよ、その人」

「うーん、わかんない。よっぽどやばいの流したのかなぁ？　アカまで消されてたし」

「何それ！　興味ありすぎでエグいんですけど！」

少女たちの様子をつぶさに観察しているとわかるのだが、話題の中心となってるのは、座ってる位置も真ん中の金髪の娘だった。声が大きく、明るく、けらけらと屈託のない笑い声を上げている。

その少女が話題を提供したり、リアクションをするたびに、周りから笑い声が漏れる。

嘲笑ではない、慈愛をこめた笑い。それだけ彼女に求心力があるということだ。

それを再確認した時、翔一は複雑な心境になった。

（あいつ、本当に――）

そのような言葉が、ふと胸に浮かんでくる。

その無邪気に笑う顔は、人形のように整い、子供のように愛らしい。

ウェーブのかかった金髪をサイドアップにまとめ、顔には濃すぎず薄すぎず、ナチュラルにパーツを強調するメイクを施している。指にはネイルアート用のつけ爪をし、瞳の色はカラーコンタクトを入れているのか、やや薄い。

制服の襟元はだらしなく開き、ぶかぶかの袖に手が隠れていた。実のところ、他のギャルに比べれば格好《かっこう》はおとなしめなのだが、それでも派手に見えるのは、彼女の天性の器量がなしえる業だろう。

そんな彼女の姿を見ながら、翔一はやや感傷的な声で先ほどの続きを口にした。

「……あいつ、本当に変わったな」

「あれ、鹿島《かしま》。知ってるのか、柚木《ゆのき》のこと」

ふと、近くを通りかかった男子生徒が尋ねる。翔一のつぶやきが耳に入ったらしい。

翔一は、独り言を聞かれたことにばつの悪さを感じながら、もぞもぞと答えた。

「え？　あ、えっと。まぁ……」

「へぇ、意外だな。真面目《まじめ》で優等生のお前が、あんな可愛《かわい》い女の子と知り合いだなんてな」

「そんなんじゃない……それに、俺は別に優等生でもないさ。買いかぶりすぎだ」

「またまた、謙遜するなよ。いつも休み時間でも、そうやって本読んだり、授業の予習や復習とかしてるじゃないか。立派な優等生だよ。まぁ、もうちょっと周りに愛想よくてもいいと思うけどな」

それはその通りと、翔一《しょういち》は認めざるを得なかった。彼には友人が少ない。いないと言ってもいいだろう。勉強と読書に休み時間を費やしてる代償で、こうやって時々気にかけて声をかけてくれる級友ぐらいしか、話し相手もいない有様だった。

実は、彼としてもここまで孤高を貫くのは本意ではなかった。いくら「学生は勉強すべき」が信条とはいえ、休み時間や級友に対する愛想を犠牲にしてまで、勉学にかじりつくのは逆に非合理的な気がする。

そんな自分が、しかし昼夜問わず勉強に勤《いそ》しむようになったのは、高校入学時にとある「事情」ができたからで——翔一がそこまで回想し終えた時、級友は翔一が持つ本の表紙を見て顔をしかめた。

「しかし、お前時々変な本読んでるよな」

「え、変？　そうか？」

「ああ、だってこれにしたって……『全国妖怪目撃譚《ぜんこくようかいもくげきたん》』？　タイトルからするに妖怪の話みたいだけど、妖怪なんてオカルトで迷信じゃん。小学生で卒業してだな……」

「何を言うんだ！　オカルトだって立派に学術的な研究対象になり得るんだぞ！　そもそも迷信と割り切ること自体が、知的行為への愚弄《ぐろう》だ。それをちゃんと科学的に分析して、初めてだな……」

「わ、わ、急に早口になるなよ！　わかった、わかったよ、お前にとっては大切なテーマなんだな。読書の邪魔して悪かった」

そう言って苦笑を浮かべると、「あいつ、妙なところにスイッチがあるんだな」とつぶやきつつ、彼は違う知り合いのところへ行った。

その背中を見送りながら、翔一は視線を「柚木《ゆのき》」と呼ばれた少女に戻す。彼女は相変わらず脳天気な表情で、騒がしい笑い声をあげていた。

——意外だな、知り合いなんて。

先ほどの指摘が脳裏をよぎり、翔一は何となくため息を吐《つ》いた。

（実際は、知り合いどころの話じゃないよな）

翔一は彼女——「柚木あみる」のことをよく知っている。

それも、物心つく前の昔から。

彼女は幼稚園のころからの友人で、何をするにも大体一緒の仲、つまり幼馴染《おさななじみ》だった。

幼少時のあみるは、それは地味な少女でしかも引っ込み思案であり、何かにつけて翔一の後ろに隠れているような娘《こ》だった。しかし中学に上がった時、彼女は友達に誘われ、ギャルデビューを果たしたのだ。

（あみるの奴《やつ》、割とすんなりあの世界に馴染《なじ》んだんだよな。おかげで派手な友達と何かとつるむようになって……何となく話しかける機会が減っていったんだ）

今では、完全に疎遠となっている。

それは、受かった高校が偶然同じになり、さらに教室が一緒であっても変わらなかった。

何度か、向こうがこちらに話しかけようとした気配はある。が、そのたびに周りの友人が彼女に話しかけ、あみるもそっちに引きずられるようになっていった。結局、真面目《まじめ》で堅物な自分と、派手で明るい彼女では、住む世界が違うようだ。

「ないって、それは絶対にないよ！」

本日何回目かの無邪気だが騒がしい笑い声が弾み、翔一《しょういち》は何となく目を閉じた。そこにいるのはもはや、彼の知る幼馴染《おさななじみ》ではない。

（まぁ、昔仲良かったからって、いつまでもそうあることが普通じゃないんだ。俺は俺、あみるはあみるの道を進む……それが人生というものだな）

そうぼんやり考えた。

と、視界の中のあみるが、手の甲を見つめるのが見えた。

「あれ、これ何だっけ」

「どうかしたの？」

「今日はスーパーで大根が三〇％オフ……」

「「え？」」

その言葉に、周りの女子のみならず、翔一も大声を上げてしまった。

なぜ、花も恥じらう女子高生が、急に三割引の大根のことを？

戸惑う彼の視界の中で、あみるが慌てて「やー、何でもない」と、愛嬌《あいきょう》たっぷりに頭をかくのが見えた。

ぽかんとした友人たちも、それで笑い声を取り戻す。

「ちょっ、あみる何それ！　面白すぎてよき〜！」

「あみるって、時々変なこと言うよねぇ」

「まぁ、そこが天然ぽくて可愛《かわい》いんだけど」

奇行で評判が落ちたりもしてないらしい。とりあえずは一安心だ。

（いや、だから俺にはもう関係ないんだって……あみるのことは）

二人は別々の道を歩み始めたのだから。

それが交わることは、もう、ない。

翔一は胸のうちで少し寂しげにつぶやくと、再び本を読み始めた。

その日の放課後。

翔一は担任の先生に呼び止められた。何でも話があるらしい。

ほとんどの生徒は部活に所属しており、教室には誰も残ってなかった。

そんな中、教師は翔一に向かって、突然こんなことを言い出した。

「鹿島《かしま》、お前特にクラブには所属していなかったな」

「ええ、帰宅部ですが」

「なら、ちょうど良かった。しばらくこいつに勉強を教えてやってくれ」

翔一《しょういち》は、その言葉に「は？」と目を瞬《しばた》かせる。

教師が背中に隠れていた少女を前に出すと、表情は驚愕《きょうがく》へと変わった。

人形のような整った顔に、派手な格好《かっこう》、そして金髪のサイドアップ。

「やは、よろしくお願いします！」

そう言って、照れたようにウィンクする彼女は、間違いなく柚木《ゆのき》あみるだった。

○

翔一は、初めは自分が聞き違いをしてるのだと思った。

先ほど、自分とは無関係を貫くだろうと考えていた少女に、突然勉強を教えろときたものだ。頭が軽く混乱する。

が、それが事実だとわかった瞬間、彼は思わずうめいていた。

「えっと……すみません。もう一度言ってください」

「だから、柚木に勉強を教えてやってくれと言っているんだ。聞こえなかったのか？」

「い、いや、聞こえました！　聞こえましたが……どうして俺がそんなことしないといけないんですか！」

理不尽という気持ちを炸裂《さくれつ》させながら、教師に詰め寄る。

自分は一学生の身だ。同じ学生であるあみるに勉強を教えてやる義理なんか、欠片《かけら》もない。何でそんな面倒なことをしなくちゃならないのだ。

そもそも、クラス全体を統括する担任の教師が、あみる一人に肩入れするような真似《まね》をしていることになる。教育者として恥ずかしくないのだろうか。

翔一が白い目でにらんでいると、教師はぼそりと『説明』を口にした。

「あのな、お前らが入学してから少し後に、各学科で実力テストってやっただろ」

「は、はい。中間に入る前に、中学時の実力を再確認するというやつですね」

「そうだ。そしてあれは、百点で満点なんだ」

「はぁ」

何を意味するかはかりかねていると、担任は翔一に顔を近づけて言った。

「……お前、全教科一桁の点数って見たことあるか？」

「うわ……」

すべてを察した翔一は、まじまじとあみるを見つめた。あみるは目をぱちくりとさせてから、はにかむように赤い頬《ほお》を両手で挟む。照れてる場合か。

「要するに、そのスコア保持者があみ……柚木ですか。だから、特別に勉強を見てやる必要があると」

「その通りだ。噂《うわさ》に聞いたが、お前柚木《ゆのき》とは幼馴染《おさななじみ》で家も近いんだってな。成績のいいお前なら、人に教えるのも得意だろう。こいつの勉強を見てやってくれ。そうでないと、早くも一年で留年が決定する。引き受けてくれるなら、お前の内申点を上げてやってもいい」

翔一《しょういち》はもう一度「はぁ」とつぶやくと、あみるを見た。「留年」の単語が出てきた瞬間に、顔を引きつらせたのを見逃してはいなかった。彼女なりに危機感を覚えているのか、顔色が心なしか青ざめて見える。

──危機感があるわりには、相変わらず制服はだらしなく着こなしてるし、髪をいじる手はせわしなく、表情もどこかふぬけてるように見えるが。

(小さいころの大人《おとな》しいこいつならともかく……今の騒がしいこいつの勉強を見てやれと言ってもな)

果たして真面目《まじめ》にやる気があるのか。ないなら、勉強を教えるだけ無駄という気がする。無駄なことをするのは非合理的だ。翔一の肌に合わなかった。

やっぱり断ろうか。そう考えた時、ふとあみるが口を開いた。

「お願い。ウチに勉強教えてくれない？　翔《しょう》ちゃん」

「翔ちゃん⁉」

「うん、翔ちゃんは翔ちゃんだしさ。あれ、何かまずかった？」

翔一は細い目を丸くしながら「いや」とうめいた。確かに小学校時分は、あみるにそんなふうに呼ばれていたのだが——疎遠になっていたから、まさかその呼び方を何のためらいもなくしてくるとは思わなかった。

（あれ？　俺とあみるって距離置いてたよな？　あれ、あれ？）

少し前に、二人の人生が交わることはないなどと考えていたばかりなので、軽くめまいを覚える。あの感傷はなんだったのか。

しかし、あみるは翔一の戸惑いを気にもとめず、ずいと彼に歩み寄って言った。

「ねぇ、お願い。勉強教えてよ。ほら、この通り！」

手を合わせて、おがみ倒す。頭を下げる時、だらしなく開いたシャツの胸元で、ささやかながらしっかりしたふくらみと、それを覆う派手な色彩の布が、ちらり、と見えた。

慌てて目を背けながら、翔一はつぶやく。

「し、知るか。そんなに勉強したければ、塾でも家庭教師でも使えばいいじゃないか」

「だって、ウチの家、そんなにお金ないしさ」

「あ……」

その返事に、翔一は思い出していた。あみるの家は父親が早くに亡くなって母子家庭、しかもその母親も病気がちなのだ。

遊びに行く時の費用も、割とやりくりしているのだと、友達との会話で聞いたことがある。何をどうやりくりしてるのかは不明だが。

ともあれ、塾も家庭教師も、馬鹿に出来ないほど費用がかかる。

周囲に勉強を教えられる人間がいるなら、助けてやった方がいいだろう。

「でもな。俺が勉強教える義理は……」

「お願い、翔《しょう》ちゃん。ウチの周りは同じように頭悪い子がほとんどで、今頼りになるの翔ちゃんぐらいしかいないの」

「それは……そうだろうなぁ」

「あ、それひどい。ウチの友達に失礼じゃん」

「お前が言い出したんだろ⁉」

「あはは。まぁ、それはそれとして。ねぇ、お願い翔ちゃん。お願いお願い」

「ちょっ、にじりよるな、近い近い、顔が近い……っておい、肩に頭をすりつけるな！」

いつの間にかあみるは、息がかかるぐらいに距離を詰めていた。そのまま、翔一《しょういち》の肩に甘えるようにもたれかかってくる。

温かく柔らかい感触。体臭か何かの香水か、漂ってくる甘い香りに、翔一はどんどん思考力を奪われそうになっていた。

（こいつ、こんなにいい匂いしてたんだ……小さいころはどうだったっけ）

そんなことを考え、そして翔一は慌てて首を振った。

惑わされてはいけない。ちゃんと冷静に、状況を分析しなければ。

（態度はどうあれ、あみるは割と真剣なようだな。勉強したいっていうのも嘘《うそ》じゃないだろう。さすがに留年は嫌だろうし、むげに見捨てるのもかわいそうか。それに、内申点が上がるのは俺にとってプラスになるかもしれないし……）

——結局、選択肢は一つしかなかった。翔一《しょういち》はため息を一つ吐《つ》く。

「しょうがないな、教えてやるよ……ただし、やる気がなくなったと判断したら、その場で即見捨てるからな」

「やた！　翔《しょう》ちゃん、超助かる！」

感動のあまり、あみるは首筋にすがりついてきた。押し倒されそうになりながら、翔一は「本当にこいつと話すの三年ぶりか？」と呆《ほう》ける。それぐらい、先ほどから気やすい。

いや、あみるはそういう娘になったのだ。誰にでも気軽に接し、スキンシップも辞さないような娘に。

小学生の時のあみるなら、いくら翔一を頼りにしているとはいえ、ここまで極端な態度は取らなかったはずだ。おずおずと「ありがとう」と言うぐらいだろう。

それが、だらしない格好《かっこう》で、気軽に抱きついてくる。人は変わるのだと再認識して、翔一は少し寂しい気がした。

と、それまで黙って場を見守っていた教師が、ふたりにカギを投げて寄越《よこ》す。

「ほれ、放課後はこの教室使っていいから、勉強しろよ。帰る時はカギかけていけな」

「は、はい」

「ああ、それと……人がいないからってエロいことするなよ。問題になると俺の責任にされるんだからな」

「しませんよ!?」

とんでもない揶揄《やゆ》を口にする教師に、翔一は思わず叫ぶ。まったく、何て担任だ。

しかし教師は気にしたふうもなくひらひらと手を振ると、そそくさと教室を後にした。

残された翔一は、同じく残されたあみるを見て、何となく気まずい気分になった。ごほん、と咳払《せきばら》いをする。

「あー、とにかく。勉強始めるぞ。厳しくいくから覚悟しろよ」

「うん、わかった！　ウチ、がんばる！」

両手を胸元で握りしめると、あみるは鼻息もあらく、気やすく首を縦に振る。何もわかってなさそうなその顔に、翔一は「大丈夫か、本当に」と一抹の不安を覚えた。

大丈夫ではなかった。

「なんだこれ……」

翔一はちぎったノートの切れ端を見て、震えが止まらなかった。

ホワイトボードには、ジャンルも難易度も適当な設問が羅列してある。実力テストの問題を、翔一《しょういち》が記憶を頼りに書き出したものだ。

まずはあみるの実力が実際にどんなものかテストし、その答えを切れ端に書いてもらったのだが。

「想像以上にひどいな……」

「ぶー」

「いや、頬《ほお》を膨らませて抗議できる立場じゃないからな。何だよ、この正解率。抜き打ちとはいえ、三〇問中三問しか正解しないのはまずいだろう」

「あはは、それはそうかな……」

「あと、間違え方もひどい。漢字を間違えたり、図形の面積の公式を覚えてないのは、マシな方だ。何だよ、『織田信長《おだのぶなが》の没年を答えよ』という問いに対して、『九三八二年』っていうのは！　未来に生きすぎだろ、第六天魔王！」

「やー、ウチも何か変だって思ったんだけどね。ほら、語呂合わせってあるじゃん」

「ああ……数字を言葉に合わせて記憶するやつな。何て覚えたんだ？」

「『信長さんが死んだ時はボクサーパンツ（九三八二）』って」

「それを言うなら『イチゴパンツ（一五八二）』だ！　織田信長の没年は一五八二年！」

思わず大声で怒鳴ると、あみるはきょとんとしてから、やがて悪戯《いたずら》っぽく翔一を見て笑みを浮かべた。

「あー、翔《しょう》ちゃんってやらしいんだぁ」

「へ？」

「大声でイチゴパンツとか叫ぶの、どうかと思うよ～」

「な、何言ってるんだ、これは、だから、語呂合わせで……」

「そういうのが好みなの？　そういうのはいてる女の子が好き？」

「違っ！　人の話を聞け！」

明らかにふざけた態度のあみるに、翔一は頭を抱えた。こいつは事の重大さをわかっているのだろうか。

だが、あみるは「冗談だよ」と笑うと、ふと目を細めてつぶやいた。

「でも、こうやって翔ちゃんに勉強教えてもらうの、何か懐かしいなぁ」

「あ、そうだっけ？」

「そうだよ、テストの勉強じゃないけどね。ほら、小三の時さぁ。ウチが夏休みの宿題に間に合いそうにない時、教えてくれたことあったじゃん」

「ああ……お前泣きそうな顔してたもんな」

翔一は思い出してうなずいた。

当時のあみるは決して今のように不真面目《ふまじめ》ではなく、夏休みの宿題も真面目にこなしていたが、一度だけドリルをうっかり忘れて夏休み最終日にそれが発覚したことがあった。泣く泣く相談に来たあみるに、翔一《しょういち》は仕方なく丸写し——は言語道断なので、一緒についてやりながら、時に指導までしつつ、完成まで見守ったことがある。

「だけど、今回はそれとはレベルが違うぞ。何しろ留年がかかってるんだからな」

「はーい、わかってます」

およそわかってなさそうな声でのんびり言うと、あみるは翔一を見た。

「それで翔《しょう》ちゃん、ウチはどうしたらいいの？　これからどういうふうに勉強したら、テストでちゃんと点数取れるようになる？」

「……そうだな」

翔一は自分が出したテストと、あみるの——正視に耐えがたい——解答を比べた。

幸い、正解した三問はどれもジャンルが同じだ。理科の植物関連である。なら理科は後回しにして、一教科ずつ教えていくしかない。

（焦って詰め込みすぎても、逆効果だろうしな。時間をかけてじっくり行くしかないか）

まずは数学からやろう。図形の面積を求める公式ぐらいなら簡単に教えられそうだし。

そう考えると、翔一はあみるにノートを開くよう指示した。

——数十分後。

「……いや、なんで一問も解けないんだ」

あみると交代するように、机に顔を伏した翔一がうめいた。

あみるは少し泣きそうになりながら、「あれー」と自分のノートを見つめた。赤色で修正が入っている。翔一がしたものだ。

一応公式は覚えている、らしい。

が、それを問題に持ってくると、とたんに理解が追いつかなくなっている。三角形のどこが底辺なのか、複合した図形はどこに補助線を引いて考えればいいのか、その辺の判断がつかないらしい。要するに応用が利かないのである。

翔一はこめかみを揉《も》んでから、しみじみとあみるを見た。

「お前、よくこの学校に入れたな」

「友達にも手伝ってもらって、頑張って一夜漬けしたからね。でも試験終わってから、ぱあっと忘れちゃった」

「それじゃ勉強の意味ないだろ」

てへ、と舌を出すあみるに、翔一は盛大にため息を吐《つ》いた。

正直、ここまでひどいとは思わなかった。これでは、時間がいくらあっても足りない。

と、さすがに気まずいと思ったのか、少し神妙な顔であみるが翔一を見た。

「えっとね、翔ちゃん」

「何だよ」

「ウチ一生懸命勉強するから、見捨てないで？」

そう言って、目を強くつぶると、ぎゅっと腕を抱きしめてきた。

丸く柔らかい感触がダイレクトに伝わり、翔一《しょういち》は狼狽《ろうばい》しそうになった。

(だから、こいつはさっきから無防備すぎるんだって！)

体があまりにも近くにあるもので、襟の隙間から胸がさっきよりもはっきりと見えかかる。あみるの動きにあわせてうごめくのが、妙に生々しい。

必死に理性をかき集め、翔一は咳払《せきばら》いしながら答えた。

「おほん。正直、今の時点で投げ出したい気分ではあるが……まぁ、先生と約束したからな。それに、内申点も上げてもらえるようだし……仕方ないから、面倒見てやるよ」

「本当に？　最後まで？」

「ああ、最後まで」

「うん、ありがと！」

ようやく安心したのか、あみるは体を離して微笑《ほほえ》む。リップクリームを塗った唇が、光を照り返しながら動くのが印象的だった。

翔一は、ふらふらする頭を立て直しながら、どっと疲れが押し寄せてくるのを感じた。

——でも、今のあみる、必死でちょっと可愛《かわい》かったかもな。いい匂いもしたたし、柔らかくて温《ぬく》かったし。

脳裏にそんな感想がこびりついてるのに気づき、慌てて首を振って追い払う。

こんな煩悩を植え付けるとは。まったくもって、ギャル風女子、恐るべしだ。

(最後まで責任もっとか割と気軽に言ってしまった気がするが……本当に大丈夫か、俺。図形の応用問題に手こずるようなやつに、すべての教科を教えることができるのか)

改めて、不安を抱いていると。

「あ……」

あみるがつぶやいて、教室内のスピーカを見上げた。

下校を知らせる音楽が鳴り始めたのだ。いつの間にか、かなり遅くまで勉強をしていたらしい。

「……っと、もうこんな時間か。戸締まりして先生にカギ返さないとな」

「それじゃ、今日はもう終わり？　そんなぁ」

あみるは不満そうな顔をした。さすがに、一問も解けないのは悔しいのだろう。

「もうちょっと、何とかならない？　ウチ、頑張るから！」

「いや、頑張るのは結構だし、そういうことなら応えてやりたいのはやまやまだが……教室は使えないし、図書館はもう閉まるころだし。勉強する場所がないんだよなぁ」

「えっと……それじゃあ、翔《しよう》ちゃんの家は？」

「は、俺の家？」

「うん。昔はよく行ってたし。ウチの家も近いから、遅くなっても大丈夫だと思うし。いい考えじゃん？」

「いや、そんな勝手に決められても……体裁の問題とかあるし」

さすがに元・幼馴染《おさななじみ》とはいえ、年頃の女の子を家に上げるのは抵抗がある。

クラスメートにでも見られたら、いらぬ誤解を招きかねないし。

だが、あみるは肩に手を置くと「いいじゃん、いいじゃん、ねぇ、ねぇ」と甘えるように揺すってきた。

こうなると、翔一《しょういち》も強く拒否できない。なぜかそんな気分になってしまう。

(本人も、一応勉強したがってることだし。その勉強を先生に頼まれたんだからな)

胸の中で一息吐《つ》くと、なるべく強面《こわもて》を作ってあみるを見た。

「わかった。だけど、問題解けたらすぐに帰すからな。遅くまで男女一緒というのも、何か体裁上よくないだろうし」

「うん。久しぶりに翔《しょう》ちゃんの家かぁ、懐かしいし、楽しみ！　ねぇ、まだゲームとかあるの？」

「だから、勉強終わったらすぐに帰れって！　娯楽道具の有無を確認するんじゃない！」

こいつ、下手《へた》したら居座りかねないな。心中でつぶやくと、用件が終わったらなるべく早く追いだそうと密《ひそ》かに誓う翔一だった。

第二話　世話焼き始めました

翔一たちの学校は、静かなベッドタウンの中にある。駅前の開発は進んではいるが、それ以外は特にこれといった大きな特色もない、のどかな町だ。

生徒の中にはその駅を利用し、毎朝一時間ほどかけて学校に通っているものもいる。幸いにして翔一たちはそこまで家が離れてもなく、徒歩で充分に通える距離だった。

住宅街の一角にある、割と大きな４ＬＤＫの二階建てが翔一の家だった。

その玄関前にて。あみるが大きく口を開けながら、目に感傷の光をたたえてその鹿島《かしま》宅を見上げていた。

「わぁ、翔ちゃんの家本当に久しぶり！　相変わらずウチの家とは違うねぇ」

「お前の家、アパートだもんな。ああいう小さな部屋の方が、掃除とか楽で合理的だと思うんだが。それに古ぼけてるから幽霊とか出てきそうで貴重だし」

「えー、オバケは出て欲しくないなぁ。住んでるの怖くなるじゃん」

「何を言うんだ、オカルトを学術的に研究するまたとないチャンスが得られるんだぞ。果たして心理的な錯覚なのか、それとも何かしらが実在するのか、その辺の検証を……」

「翔《しょう》ちゃん、そういうの昔から好きだったよねぇ」

笑ってから、ふとあみるは翔一《しょういち》に対して、小首を傾《かし》げてみせた。

「ところで、誰もいなさそうだね。おじさんとかおばさんはまだ帰ってないの？」

「ああ、父《とう》さんも母《かあ》さんも、ちょっと前から仕事で海外に出張に出かけてるんだ。今、俺は悠々自適な一人暮らしを満喫しているんだよ」

「へぇ……じゃあ、今晩はウチら二人きりってこと？」

「……あ」

玄関の鍵を開けた状態で、翔一は固まった。確かに、夜遅くに年頃の男女二人きりというのはまずい。学校内には少なからず人が残っていたが、今はそれすらいないわけだし。

（勢いで連れてきたけど、やっぱりまずかったか……）

気まずげに、あみるの方を見ると、彼女は頬《ほお》をぽりぽりと掻《か》いてから一つうなずいた。

「ま、いっか。お邪魔しまーす」

「いいのかよ」

ドアノブを勝手に回して中に入るあみるの後を、翔一は慌てて追いかけた。

と、玄関先で靴をぬいで廊下に上がったあみるの足が、ぴたっと止まる。

「あれ……？」

「どうした？」

「『豆ちゃん』がいない」

「『豆ちゃん』？」

「ほら、わんこのぬいぐるみ。この辺に置いてあったじゃん」

廊下の脇を、手をぶんぶんと振って示した。

ああ、と翔一はうなずく。

「豆柴《まめしば》のあれか。それなら親戚の子にあげたぞ」

「えっ、あげちゃったの!?」

「そりゃ、この歳《とし》でぬいぐるみもないしな。中学入ってから、ちょい後に」

「えー、そんなぁ……久しぶりに見るの、楽しみにしてたのになぁ」

あみるはがっくりとうなだれた。

そういえば、こいつ、あの豆柴すごく気に入ってたっけ。翔一は思い出して、なぜか罪悪感が芽生える。残しておいてやれば良かったか。

（いやいや、元々こいつとは距離置いてたんだ。そこまでする義理はないはずだ）

そんなことを考えていると、ふとあみるが再び怪訝《けげん》な声を上げた。

「ねぇ、翔ちゃん」

「何だよ？」

「その、この廊下なんだけどさ」

「廊下？」

「うん。えっと、その。ちょっと埃《ほこり》っぽいかなって」

「ああ」

確かに、言われてみればうっすらと埃が積もっている。

翔一《しょういち》は肩をすくめてみせた。

「掃除とかあまりしてないから……ちょっと汚いかもだけど我慢してくれよ」

「うん……」

言いよどむあみるの横を抜けて、翔一はリビングの扉を開いた。リビングとダイニングとキッチンが一体になっている部屋で、ここのローテーブルとソファを使ってあみるに勉強を教えるつもりだった。

「さぁ、入ってくれ」

「…………」

あみるは呆然《ぼうぜん》としていた。周囲に目を配っている。

彼女が固まって動かないのを不思議に思い、翔一も同様にぐるりと見回した。特におかしなものはない。本や雑誌がその辺にちらばり、洗濯機に入れ忘れている私服が置き去りにされてる以外は。

「あー。やっぱり、少し散らかってるかな。少し待ってくれ片付ける」

「…………」

「あ、そこ。雑誌の下にクッションあるから。発掘して座っていてくれよ。大丈夫、雑誌がガードになってて埃はついてないと思う」

「あ、うん」

あみるは首をかしげながら、言う通りにした。

なぜか、少し嫌そうな顔をしている。

(何だ？　クッションの色が気に入らないとかかな。あいつの好きな色って何だっけ)

確かピンク──そんなことを考えてると、あみるが心なしか暗い声で告げてきた。

「あの、翔《しょう》ちゃん」

「どうしたんだ？」

「このクッションの端っこ、何かぐっしょり濡《ぬ》れてるんだけど」

「何かこぼしたかな。まぁ、真ん中座れるだろう」

「はぁ……」

入ってくる前と違い、なぜか歯切れの悪い彼女の言葉に、翔一は再び首をかしげたが、今はやるべきことがあると思い直した。

勉強道具一式を取り出す。

「さてと、勉強の続きだ。まずは中学校の図形のおさらいだから……中学の時の教科書がいるな。待ってろ、取ってくるから」

「うん」

居心地《いごこち》悪そうにもぞもぞと動きながら、あみるはうなずいた。

あみるに図形の面積計算のための公式を教えるのは、なかなかの骨だった。

それでも根気よく教えていく。幸い、本人にやる気がないわけでもなかった。

少しずつ教えていき、気が付けば外はすっかり暗くなっていた。

「よし、ちょっと休憩するか」

「やたっ、もう頭くたくただよう」

肩の力を抜くと、あみるはローテーブルにうつ伏せに——なろうとして空中でブレーキをかけた。翔一《しょういち》も気づいたが、埃《ほこり》が積もってる。

(やっぱり少しは掃除すべきだったかな——でも、あみるも軽い性格のギャルＪＫなんだし、これぐらい気にならないだろう)

やや偏見な思いを抱いていると、ふと腹が鳴った。

「もういい時間だな——せっかくだし、こっちで晩飯食っていくか？」

「え、ご飯？　何かあるの？」

「そうだな、ちょっと待ってろよ。調べてみるから」

「あ、待って。ウチも行く……ぅ!?」

翔一とともに、リビングからカウンターの向こう側に、回り込んだあみるは顔を引きつらせた。

ダイニング近くのワゴンの上にはパン屑《くず》で汚れた皿、カップ麺の容器が置きっ放しにされている。シンクにはスプーンと深皿が放りっぱなしだ。洗った形跡すらない。

「あの、これ、えっと……」

「あ、ああ。今日は食器洗う日じゃないからな。ちゃんと三日に一回は洗ってるんだぜ」

「………」

「それよりも、あみる。晩飯は何が食いたい？　俺のおすすめは……そうだな、このゼリーなんかいいぞ。栄養が取れるし、時間もかからない。実に合理的だ」

そう言って翔一は冷蔵庫から、栄養補助食品のゼリーを出してみせた。

と、あみるはそのゼリーを受け取ると、じっと見つめながら静かにつぶやいた。

「……翔《しょう》ちゃん、いつもこんなの食べてるの？」

「ああ、割と勉強とか忙しいからな。メシに時間かけたくないんだ」

「ふぅん、こんなのばっかり……」

「あ、俺の食卓をわびしいとか思ってるな？　そんなことはないぞ。ゼリーは色々な味を集めてるからな。ゼリーだけじゃない、カップ麺やコーンフレークだってローテーションで食べてるから、それなりにバラエティ豊かで……」

この時だった。

顔を伏せたあみるが、ぼそり、とつぶやいたのは。

「も……んかい」

「はい？」

「もう……限界！　我慢してたけど、これはもうNG、ニューグッドだよ！」

「お、おい、何を言ってるんだ。NGって何がだよ？　というか、NGはノーグッドだ！」

しかし、あみるは答えず、机の上の皿をまとめると、素早くシンクの方へと運んだ。蛇口をひねって、洗いおけに水を張り、その中につけ込む。

それから辺りを見回すと、「あった」と歓声をあげて食器棚の横にぶら下げられているレジ袋から、ゴミ袋の束を取り出した。一枚出して、カップ麺の容器を放り込んでいく。

ついでにとばかりにリビングに回り込み、散らかってるゴミを回収していった。

翔一《しょういち》は驚いた。あみるの行動が機敏で、今までのどこか軽そうな雰囲気と全然違うからだ。彼女が手際よくゴミを集め終わったところで、そのギャップへの衝撃から我に返る。

「お、おい、人の家で何を勝手に……」

だが、あみるはぷくーと頬《ほお》を膨らませながら振り向いてきた。

「何を勝手に、じゃないじゃん！　何、このお部屋！　汚いし、埃《ほこり》だらけだし……せめてゴミはちゃんと捨てなよ！　ゴキブリとかわいたらどうするの！」

「あ、いや、その」

「それに何、ゼリーとカップ麺とコーンフレークだけの食事って！　そんなの病気になっちゃうじゃん！　栄養偏るんだよ!?」

「いや、だからゼリーで栄養を摂《と》ってだな……」

「ちゃんとした食事で摂りなよ！　本当にもう……」

やがてあみるはある程度ゴミを回収し終わると、今度はキッチンに戻って冷蔵庫を開けた。「ああ、やっぱり、ろくな食材がない」と絶望したようにつぶやくと、メモ帳を見つけてペンで走り書きをする。

一枚破って、翔一に渡した。

「はい、これ！」

「へ？」

「買ってきて、今すぐ！」

「か……買う？」

「近くのスーパー、まだ開いてたと思うから。おばさんから、生活費もらってるよね？　そんなに高くないものが揃《そろ》ってるはずだし、早く！」

「は、はい！」

思わず敬礼してから、翔一《しょういち》は改めて手渡されたメモを見た。

「豚こま三〇〇グラム（特価で売ってるやつ）、タマネギ（三個セットの）、ほうれん草（一番安いの）……何だこれ」

「いいから、大人《おとな》しく買ってくる！」

その迫力に、翔一は再び「はい」と叫ぶと、買い物袋をひっつかんで家を飛び出した。

慣れないスーパーの買い物で、店員さんにあれこれ聞きながら、メモに書かれたもの――大体が食材だ――を買い込む。

そして帰ってきた家で、彼は信じられないものを目にした。

「あ、お帰りなさい、翔《しょう》ちゃん」

そう言って翔一を迎えたのは、台所に立つあみるだった。

一応興奮は収まったのか表情はのほほんとしたものに戻っているが、翔一にとってそれはこの際どうでもよかった。

問題は、彼女がエプロン――家にあったやつだ――を身につけ、包丁を握りしめているということだ。

緩めの袖はまくりあげ、まな板の上でリズミカルにねぎを切っている。コンロでは鍋から蒸気が立っていた。近くのコンセントには電気炊飯器が繋《つな》がれている。

このすべての器具が、現家主の翔一ですら使ったことのないものだが、これがあみるに使わせると何もかもが板について、ぴたりとはまっていた。

(格好《かっこう》はさっきと変わらず派手なのに、妙にエプロンと包丁が似合うな……)

思わず見とれてしまう翔一。だがあみるはそんなことにも気づかず、鍋にお玉を入れてかき回してから、笑顔で振り向いた。

「おばさんがお米とねぎ残してくれてて良かったよ。お味噌《みそ》もあったし、ねぎはお味噌汁にするね。お出汁《だし》は出汁の素だけど、勘弁してね」

「あ、ああ?」

「それから、頼んでた買い物してきてくれた? おっけ。そこに置いておいてね」

テーブルの上に買い物袋を置こうとして、翔一は気が付いた。埃《ほこり》の積もっていた卓上が綺麗《きれい》に拭かれている。

いや、テーブルだけではなく、リビングも、そういえば廊下も、埃一つのこっていなかった。リビングからベランダの方を見ると、洗濯物が干されている。

(まさか……俺が買い物行ってる間に、掃除洗濯を終えて、料理もやってるのか?)

内心つぶやいていると、あみるが側《そば》にきて、豚肉とタマネギとにんじん、じゃがいも、それにほうれん草を取り出した。

「ちょっと手抜きだけど、肉じゃがと、ほうれん草のおひたしにしちゃおう」

「は、はあ」

それからは、翔一《しょういち》にとって未知の領域だった。

フライパンで豚肉と切った野菜を炒《いた》め、砂糖と料理酒、醤油《しょうゆ》をかけ回して煮込む。その間に、ほうれん草を湯がき、絞ってから出汁《だし》と調味料に合わせる。

ネギの味噌汁《みそしる》は完成済みだ。

すべてが終わったころに、炊飯器がピーという音を上げ、翔一があみるに指示されて出した器に白飯を盛りつけていく。

数分後、それらが並べられたテーブルに、彼は腰を下ろした。向かい側にエプロンを外したあみるも座り、にこにこしながら箸を取る。

「いただきます」

「……いただきます」

そして、白飯と肉じゃがを一口ずつ味わった。美味《うま》い。続いてほうれん草、味噌汁にも手をつける。これも申し分なかった。

何より、こんな本格的な晩飯は久しぶりだ。何だか気持ちが温かくなる。

と、あみるがじっと自分の顔を見ているのに気づいた。

「ど、どうしたんだ」

「ううん、ちゃんと口に合うかなと思って」

「あ、その、大丈夫だ……美味いよ」

「そ、良かった」

ここであみるはやっと安心したのか、自分も料理を食べ始めた。納得いったのか、うんうんとうなずくと、

「こんなものかな。あ、肉じゃがはおかわりあるから、どんどん食べてね」

「いや、そんなに沢山は食べれない……」

「ダメだよ、男の子なんだから。ちゃんとしっかり食べないと。大きくなれません」

めっ、と指を立ててくるあみるに、翔一は「はい」と素直にうなずいた。

(何か、さっきまでのあみるとは雰囲気違うよな)

かといって、小さいころのおどおどした彼女でもない。

どことなく家庭的で母性のある——ぶっちゃけると、おかんっぽいような。

腰に手を当てて胸をはるあみるを見ながら、そんなことを考えつつ、翔一は途切れることなく料理を口に運び続けた。

食事が終わると、あみるは手早く食器を洗ってもくれた。

それぐらい自分がやると翔一も言ったのだが、手をぱたぱた振って拒否されたのだ。

「ウチがやるから、翔《しょう》ちゃんは休んでなさいな」

そう言ってウィンクする彼女の手つきは、とても手慣れていて、確かに翔一《しょういち》が下手《へた》に手伝うと足手まといになりそうだ。

おかげで洗い物は数分で終わり、翔一はリビングでくつろぐ時間を充分にもらえた。

その後、二人は勉強会を再開する。ちゃんとした食事のおかげで気分が落ち着いたらしく、翔一は先ほどより要領よく指導できるように感じられ、その甲斐《かい》あってか十数分であみるに問題一つを解かせることに成功した。

「よし、今日はここまででいいだろう」

「うーん、長かったぁ。ウチ、一生分勉強した気分だよ」

そう言ってへらへら笑うあみるは、いつものノリの軽い彼女に戻っていた。

翔一は何となく気になって、リビングのローテーブルに突っ伏す彼女に尋ねてみる。

「なぁ、えらく料理作るのとか手慣れてたけど。いつもやってるのか？」

「ん……あ、うん。まぁね。家事とかするの、ウチ好きだよ」

「意外だな。小さい時は、こういうのしてなかったよな？」

「まぁ、少し前からだからね。やり始めたの。最近だと、自分だけじゃなくて、周りの人のお世話とかするのも好きなんだよ」

「世話……？」

「そ。近所の子供にね、お菓子とか作ってあげたりすると喜ぶの。あと、友達のお部屋とかちょっと片付けたりとか……みんな嬉《うれ》しそうにするから、見ていて楽しいんだよねぇ」

　そう言ってから、あみるは伏せた状態から顔だけ翔一を見て笑った。

「翔《しょう》ちゃんと話すの本当に久しぶりだし。そういうの、知らなくて当然だよね」

「ああ……そうだな」

「ウチも色々成長してるんだから。料理や掃除だけじゃなくて、洗濯や買い物とかも自分でやるし、やるの好きだよ。ちなみに、最近の好きな言葉は三〇％オフ！」

「うん？　それって」

　昼間、急に大根について話題がシフトしたことを翔一は思い出した。

　あみるは手の甲を見せた。「〇〇スーパーで、大根三〇％オフ！」と書いてある。メモだったらしい。

「ウチ忘れっぽいから、こういう特に覚えておきたい商品は、チラシで見かけたらメモってるんだ」

「ひょっとして、今日大根買う予定だったのか。それじゃ、悪いことしたな」

「あ、いいよ。どうしても欲しいものでもなかったし……でも皆《みんな》には言わないでね。手にお買い得品のメモしてるとか、何か恥ずかしいじゃん」

「……恥ずかしいのか」

　翔一は首を傾《かし》げた。確かに生活臭が漂うが、合理的で非常にいいと自分は思うのだが。

だが、本当に照れくさいらしく、あみるの顔が真っ赤だったので「誰にも言わないよ」と保証してやる。安心したのか、にへらと笑った。

「ありがとう、翔《しょう》ちゃん優しいね。大好き」

「あ、ああ」

「好き」という言葉に、一瞬どきっとした翔一《しょういち》だが、あみるが友人として言ったことにすぐ気づいた。同時に、自分の心の動きに愕然《がくぜん》とする。

（いやいやいや、何どきっとしてるんだ。相手は疎遠だったとはいえ、昔から知ってるあみるだぞ。そりゃ雰囲気はかなり変わったけど……緊張する理由なんて何もないだろ！）

聞き慣れてない言葉に動揺しただけだ。そう結論づけて、納得することにする。

と、相好を崩していたあみるの表情が一変、今度は厳しそうに周囲を見回す。

「それにしても……翔ちゃん、ちょっと部屋汚すぎだよ」

「え、え？　いや、今お前が片付けてくれたじゃないか」

「こんなの、その場しのぎだよ。もっとちゃんと片付けて、隅々の埃《ほこり》まで取らないと。家具だってどけて、埃取らなきゃ。このまま放って置いたら部屋に虫がわくだろうし、そうなったら本当に翔ちゃん病気になっちゃう」

ジト目を向けて、口をへの字にするあみる。また、おかんモードだ。

翔一が恐縮してると、ふと、彼女は名案が浮かんだように両手を合わせた。

大根
30%オフ!

「あ、そうだ。しばらくウチが翔《しょう》ちゃんの家片付けて……ううん、いっそ翔ちゃんのお世話してあげるよ」

「へ？」

「うん、決まった、それがいい。ウチは今日から、翔ちゃんのお母《かあ》さん代理！」

「い、いやいや、ちょっと待てって！　そんな勝手に決めるなよ！　俺は別に、そんなのしてもらわなくてもいい！」

「もう、翔ちゃんってば遠慮しなくていいってば～。ウチ、お世話するの好きだから、好きでやるんだし。それに、翔ちゃんは勉強教えてくれるんだし、そのお礼にウチが何かするのは当然のことじゃん？」

「え、あ……それは。そうだけど……でも」

「よし、それじゃ決まり！　じゃあ、明日もご飯作ってあげるから。楽しみにしててね」

「あ、えっと……」

断ることはできたかもしれないが、先ほどの料理の味を思い出すと翔一《しょういち》はそれを手放すのが惜しくなってきた。餌付けされたとも言える。

それに、あみる自身も言っていたが、翔一の指導に対して彼女が礼をするのは理に適《かな》っている。

（ま、まぁ、ギブ&テイクってことだし……いいか）

その代わり、こいつの成績は何としてでも上げてやろう。

そう決意すると、翔一は改まってあみるに手を差し出した。

「わかったよ、契約成立だ。その代わり、このことは誰にも言うなよ。同じ歳《とし》の女の子に世話してもらってるなんて、何か格好《かっこ》悪いからな」

「おっけ。ウチも、家事とかお世話好きなの、友達にバレたら恥ずかしいし。お互いに秘密ってことで」

あみるは軽いノリでうなずくと、嬉《うれ》しそうに微笑《ほほえ》んだ。

しっかりと、温かく、手を握り返す。

こうして二度と交わらないはずだった二人の人生は、奇妙な形で交差を再開し始めた。

第三話　おかん始めました

小鳥がさえずる朝。

ドアチャイムの鳴る音が響き、翔一《しょういち》は目を覚ました。

「ん……？」

時計を見て時間を確認する。七時だった。起床には妥当な時間だが、他人の家に訪問となるとちょっと非常識と言わざるをえない。

「誰なんだよもう」

寝ぼけた頭で、二階の自室から玄関まで直行して、何も考えずに扉を開いた。

驚いた少女の顔が、それを出迎える。

「わ、いきなり開けるの？　びっくりしたよ」

「びっくりしたのはこっちだ……何の用だよあみる」

翔一はあくびをかみ殺しながら、寝間着の上から背中を掻《か》いた。年頃の女性の前で多少デリカシーのない行動かもしれないが、なに、向こうも朝っぱらから訪れているのでお互い様だろう。

しかし、あみるは気に掛けたふうもなく、ついでに遠慮をするふうもなく、玄関にあがって靴を脱ぐと、

「昨日言ったじゃん、翔《しょう》ちゃんのお世話するって」

「へ？」

「それじゃ、お邪魔するね」

そう言って、ずかずかと台所の方に向かう。

翔一はここで、やっと脳が眠気から解放された気がした。慌ててあみるを追いかける。

「おい、ちょっと待てよ。まさか世話って、朝食の支度からするつもりか？」

「当たり前じゃん。だって、ウチは翔ちゃんのお母《かあ》さん代わりなんだし」

笑いながら、台所でエプロンを制服の上からつけた。

そして、少し白い目で翔一を見た。

「どうせ翔ちゃん、コーンフレークですませるつもりだったんでしょ」

「わ、悪いか？　朝食なんだし、それぐらい簡単でも……」

「だーめ。朝ご飯は一日の活力の源なんだよ。ちゃんと食べないといけません。そういうわけで、さっさと作るから待ってて。ちゃんと、和食にするからね」

「いや待て、今から米を炊いてたら時間が……」

「大丈夫、昨日のうちに炊飯器仕掛けておいたし」

「いつの間に⁉」

驚きに目を白黒させていると、彼女は冷蔵庫から豆腐とわかめを取り出し、鼻歌交じりに味噌汁《みそしる》を作り始めた。同時にサケを焼き始める。これらの具材も昨日翔一《しょういち》に買わせたものので、この時彼はやっと彼女の企《たくら》みに気づいた。

（さてはこいつ、最初から俺の了解に関係なく、世話を焼く気だったんだな）

でなければ、今朝《けさ》の具材を買わせることなんてしないだろう。それに、炊飯器を仕掛けたタイミングも後片付けの最中しか考えられない。つまり、最初から今日の朝食を作る気満々だったわけだ。

計画的犯行。そう言いかけて、翔一は言葉を飲み込んだ。彼女の提案にOKを出したのは事実だ、今さらあれこれ言っても始まらない。それに助かるのも確かだし。

そんなことを考えていると、食卓の準備は整い、二人は昨日のように箸を手に取って「いただきます」と唱和した。

焼き鮭と白飯、わかめと豆腐の味噌汁を少しずつ口にし、翔一はうなり声をあげる。

「やっぱり美味《うま》いな、あみるの料理は」

「え？　あらやだ。ほめても何も出ないよ～」

思わず漏らした感想に、あみるは照れて手招きするように片手をぱたぱた振る。

しまった、と翔一は思った。何が「しまった」かは自分でもわからないが、素直にあみるをほめたことが何か悔しい。

ごほんと、咳払《せきばら》いしてつけくわえる。

「まぁでも、コーンフレークの方が早いし、合理的だけどな」

「もう、翔《しょう》ちゃんってば。そういうこと言っちゃう？」

呆《あき》れたような口調とはしかし裏腹に、あみるは嬉《うれ》しそうに頬杖《ほおづえ》を突いて自分を見てきた。

その目にすべてを見透かされてそうで、翔一はそっぽを向いた。

料理を平らげてから、翔一はふと時計に目を移した。

登校まで、まだ充分な余裕がありそうだ。

「大体の準備は終えてるし、後は家を出るだけだが」

ふと、口の中に違和感を覚える。あみるの料理は美味《おい》しかったが、それでも足りないものが一つだけあった。

それに思い当たった時、翔一は立ち上がって電気ケトルで湯をわかすことにした。

「和食の後だと、ちょっと合わないかもしれないけど」

つぶやきつつ、取り出したのはインスタントのコーヒーだ。

マグカップに入れて、お湯を注いでると、洗面所で身支度を整えていたあみるが戻ってきた。

「翔《しょう》ちゃん、準備できたよ……何それ？」

「コーヒーだよ。毎朝飲むの習慣になってるんだ」

「えぇっ！　翔ちゃんコーヒーなんか飲むの⁉　凄《すご》い！」

「いや、そんな驚くことでもないだろ？」

「ううん、驚く！　めっちゃ驚く！　だってちょっと前まで、苦いから飲めないって言ってたもん！」

「それは小さい時の話だろう。中学生になってから、コーヒーのカフェインを糖分と一緒に摂取すると、覚醒作用が高くなるってテレビで見たんだ。それで、砂糖を入れて飲んでみたら意外といけたってわけさ……お前も飲むか？」

「いい、ウチはいい！　たぶん、うぇっとなる！」

「お子様舌だな、あみるは」

そう言って笑うと、翔一《しょういち》は琥珀色《こはくいろ》の液体に砂糖を少し落として、口をつけた。

それを見て、少し悔しそうにあみるがつぶやく。

「うう、翔ちゃん大人《おとな》っぽい。ずるい～」

「何もずるくないぞ。それにさっきも言ったけど、案外いけるんだって。ほら、何なら牛乳も入れてやるから飲んでみろよ」

「いいもん、ウチ紅茶派だから」

ぷい、と横を向く少女を見て、より得意げに、翔一はコーヒーを飲み干す。

と、今度はあみるが自分をじっと見てきたので、怪訝《けげん》な表情になった。

「何だよ、何かついてるか？」

「ううん……ただ、ウチの知らない翔ちゃんだなぁって思って。何か不思議で」

「そうか？　俺は昔から変わってるつもりないんだけどな」

というか、大きく変わったのはあみるの方だろう。

ばっちり化粧を決めてきたあみるを見て、翔一は肩をすくめた。自分からすれば、こっちの方が不思議だ。

昔は地味で大人しかった少女が、何の脈絡もなく派手で騒がしいキャラにイメチェンしてしまった。本当に、女ってのはよくわからない。

性格や格好《かっこう》だけでない。着くずした胸元から覗《のぞ》くものは、周りと比べればささやかとはいえ、小さいころに比べればちゃんとふくらんでいる。本当、いつの間に――

（って、いやいや、俺は何を考えてるんだ！）

「どうしたの、翔ちゃん、目を白黒させて」

「いや、何でもない。こっちの準備も終わってるし、さっさと学校行こう」

そう言って咳払《せきばら》いを一つすると、翔一は先ほどの邪念を振り払うように、目をぎゅっとつぶった。

○

学校についてすぐ、翔一《しょういち》は自分の異変に気づいた。

愕然《がくぜん》とした表情で、自分の全身を見回す。

「何だ、体が、体が――」

体が、軽い。心なしか力もみなぎるようだ。

日中だるくなることもないし、苦手な体育の授業もちゃんと最後まで受けられた。

クラスメートも、驚いたように彼にコメントをよこす。

「何だ、鹿島《かしま》。今日は別人みたいに顔色がいいな」

「声につやもあるぞ、陰気くさくない」

「いつもより愛想もよさそうだ。犯罪者ぽくなくていいぞ」

皆《みんな》からべたべたにほめられ、翔一は調子の良さを確信する反面、普段の自分は周りからどういう目で見られてるんだろうと少し心配になった。

まぁ、ともあれ絶好調ではある。

心当たりは、一応、あった。

今朝《けさ》飲んだコーヒー——だけではあるまい。

「一番の理由はあみるの料理だよな……まともな食事が、これほど体調に影響するなんて」

昼休み、翔一は購買で買ってきたパンをかじりながらつぶやいた。まずい。昨日まで普通に食べていたはずなのに、今はぼそぼそとして、味を感じない。

昨夜と今朝の二回だけで、あみるの料理に舌を慣らされたことを彼は痛感した。

そんな彼がぼんやり見つめる教室の中央では、やっぱりギャル系の女子たちが会話に花を咲かせている。その中心には、相変わらずあみるの姿があった。仲間たちに色々な話題を振りまいているが、そこには昨日の家庭的な影はみじんも感じられない。

「でさぁ、この前ネットで見てたっけまが、すごい変な形でさ……ほら、この画像！」

「えー、ウソ！　こんなのあるとか、激ヤバじゃん！」

「ねーねー、それよりあれ聞いた？　まー君が婚約破棄したって！」

「マ？　最近アイドルの別れ話、超多くね？」

「マスコミが騒ぎ立てる事件って、今それぐらいしかないしね。平和でいいじゃない」

そんな話をしながら盛り上がる少女たちを見て、翔一はあみるが「買い物メモや、他人の世話好きがバレると恥ずかしい」と言っていた理由が何となくわかった。年頃の娘らしい、華やかさとは無縁な行為と思ってるのだろう。

（考えすぎだと思うけどな）

翔一《しょういち》はぼそぼそとパンをかじりながら思う。あみるはあれで、割と周りに気を遣う性質なのだろう。でなければ世話好きにはならない。小さいころのおどおどした彼女の性格が影響しているように感じ、翔一は何となく安堵《あんど》した。

ただ、影響といってもほんの少しだが。派手な少女たちの中で、表情も声も明るく一際目立つあみるは、やっぱり翔一の知らない存在に思えた。

と、そのあみるが、近くの黒髪の少女に抱きつくのが見える。

「ねぇ、メアちゃん。次の授業、ウチ指されるじゃん。ノート見せてよ」

「何言ってるの、一々予習なんかしてきてないわよ」

「えー、ウチらの中じゃメアちゃんが一番頭いいのに。だからあてにしてたのに」

「はいはい、いいから今のうちに教科書でも見てれば」

「ちょっとメアさんや、ちょっとそれは真面目《まじめ》すぎじゃね？」

「あみるも、指されるとか気にしない。適当にわかりませんとか言ってればいいって！」

そう言ってけたたましい笑い声をあげる彼女たちを見ながら、あみるの知能が低下してるのは絶対にこの友人たちのせいだと翔一は思った。

（一度、こいつらにも勉強を教えたいな。朝から晩まで勉強漬けにしてやりたい）

冗談半分にそんなことを考える。どうも彼女たちがお気楽に生きてるように見えて、釈然としなかったのだ。少しは自分みたいに、勉学に勤《いそ》しむ者の身になればいい。

と、メアとかいう少女に、今もなお甘えるようにぐいぐいと体を押しつけるあみるを見て、翔一は眉をよせた。

（それにしても、あいつ……割とほいほい他人に抱きつくな。抵抗ないんだろうか）

あみる特有の気やすさか、それともあの手のカテゴリーの少女はそういうものなのか、スキンシップが多いように感じるのだ。

相手が女子ならまだいい。自分にも抱きついたところを見ると、男に抱きつくのにも抵抗がない可能性もある。

つまり、このクラスの他の男子にも、そのうち抱きつくかもしれないということで——。

いやいや、何を考えてるんだ自分は。

あみるが誰に抱きつこうが、関係ないじゃないか。やりたければ、勝手にやればいい。

そんなことを自分に言い聞かせつつも、かじってるパンの味がさっきよりまずくなってることに、彼は気づいていた。


その日の放課後、翔一とあみるは直接鹿島《かしま》家で勉強を開始した。

辞典やパソコンなど、資料に使えそうなものがそろってるし、学校でやるよりはるかに利便性が高いと判断したからだ。あみるが世話を焼くのに都合がいいと主張したのも、言うまでもない。

一応先生にその旨《むね》を伝えると、快く承諾してくれた。
「避妊はしておけよ」
「だから生徒に堂々とセクハラするのやめてもらえませんか」
本当にこの教師わかってるんだろうかと不安になりつつ、翔一《しょういち》はあみるに勉強を教える
――前に、やるべきことがいくつかあり、翔一はそのうち一つを懐から取り出した。
「ほれ、あみる。とりあえずこれを持っておけ」
「何これ？　お守り？」
「学業成就のな。中学の時、ネットでパワースポットでお守りがよく効くという噂話《うわさばなし》が
あって、気になって調べてみたんだ。体感だが、割と効果があると感じられた」
「へぇ……『薄影《うすかげ》神社』？　ウチ、こんな神社知らないよ？」
「当然だ、隣の隣にある県の、とてもマイナーな神社だからな。だから、オカルトな噂も
立ちやすかったかもしれない――だけど、これが効果があるかどうか、この辺にある他の
神社のお守りもすべてもらって、比較検証したからな。勉強に集中できるという点では、
段違いに効果があった。一応、クラスメートの何人かにも協力を仰いだぞ。おかげで予算
はかなりかかったが、一定の効果はあると見込め、以来愛用している」
「なるほど……ウチが知らない間に、そんなことしてたんだ」
感心したのかあきれたのか、つぶやきながらあみるはお守りをスカートのポケットに入

れた。

　それを満足そうに見届けると、次に翔一は鞄《かばん》から購入した大きめのコピー用紙を取り出し、フェルトペンで線を走らせる。

「今度は何やってるの、翔《しょう》ちゃん？」

「目安を作ってるんだ」

「目安？」

「ああ。勉強の指導と世話焼き、これで貸し借りなしというのは理に適《かな》っている。が、その分量までちゃんと同等にしないと、合理的とは言えない。俺が一時間しか勉強教えてないのに対して、お前が一日中家事するとか不公平だろ？」

「え、ウチはそれでもいいんだけど」

「俺が嫌なんだ、借りが多い気がするからな。だから、目安を作って二人の作業量を同等にする」

　そして、作り上げた表に次のように文字と数字を埋めていった。


〈勉強側〉
・勉強一時間指導――五P
・解けない問題を一つ解けるようにする――一P

・学校のテストの点数が前回より五点上昇――五点ごとに三P

〈家事側〉
・料理一回――五P
・掃除一回――三P
・洗濯一回――二P

「Pってなに？」

「ポイントだ。数字に変換してわかりやすくした方がいいからな。これらの項目を達成した時に、ポイントにして溜《た》めていく。ポイントを記録する手帳は、さっきコピー用紙と一緒にコンビニで買ったから、それを使えばいい」

「えっと……ようするに、ウチが勉強を一時間教えてもらうと翔《しょう》ちゃんに五P入って、ウチがご飯を一回作るとウチに五P入るってこと？」

「あみるにしちゃ飲み込みが早いな、そういうことだ」

「えへへ、スーパーのポイントカード好きだからね」

「相変わらずおばさんくさいな……ともあれ、このポイントを両者なるべく同じ数にするよう調整していこう。こうすれば、お互いの仕事量が偏ることはないだろうし」

「それってつまり……」

「俺は、お前に二時間勉強教えない限りは、お前から料理してもらうのもなるべく控えるということだ」

「え、えー！　それじゃ気軽にお世話できないじゃん！　何だか嫌だぁ！」

「はは、すべては公平を期すためだ。我慢しろ。そんなに俺の世話をしたいなら、お前も精々《せいぜい》勉強を頑張ることだ……って、あれ、何か変だな？」

　本来なら翔一《しょういち》があみるに世話をしてもらうために、勉強を頑張って教えるべきではなかろうか。これでは逆だ。

　だが、結果としてあみるの勉強へのやる気を促進させられそうなので、これはこれでよしということにする。

「まぁ、ポイントを得られる条件も、ここにある項目だけでなく、状況に応じて二人で話し合って決めよう。例外項目もあっていいと思うしな」

「う、うん。何かよくわからないけど、わかった」

「……一言で矛盾する不安になる返事よこすなよ。あ、それから。この勉強会について、当座の目標を決めておくぞ」

「当座の目標？」

「ああ、最終目標はもちろんお前の留年の回避だ。だが、それまでに小さな目標があった方が、努力もしやすいし、こちらとしても目安になるからな。それを少しずつ達成していこう……まずは、次の中間考査で全教科五〇点以上を取ることだ」

「えええっ、そんなのムリムリ！　もっとじょーしき的な範囲にしてよ！」

「お前、中学の時どんな点数取ってたんだ……大丈夫だ、テストの点数の取り方については俺も研究している。少しずつ教えていくから、実践していけばいい」

翔一《しょういち》の言葉に、あみるは渋々うなずいた。

「わかった、ウチ、がんばる」

「よし、それじゃ今日の勉強を始めよう」

そう言って、翔一は改めてあみるに勉強の手ほどきをすることとなった。

相変わらず、この娘《こ》の頭は小学生並みだった。

今回は英語を教えているのだが、英単語を見ただけで目に渦巻きが生じて、頭から煙がぷしゅーと噴き出すありさまだ。

「え、えっと、『ぶりぃ』……？」

「『ベリー（bury）』な。ローマ字に引っ張られすぎだろ」

「あ、あはは。意味はえっと……ベリーだから……わかった、すごい、とか、とっても！」

「それはベリー（very）。発音は似てるが、スペルが違う。bury は『埋める、葬る』だ」

「ぶー！　英語って難しすぎー！　世界中の人、日本語で喋《しゃべ》ってぇ！」

「……言語的には日本語の方が難しいんだぞ」

がっくりとうなだれつつも、あれやこれやと格闘し、小一時間かけていくつか単語や文法を詰め込むことには成功した。

「よし、ちょっと休憩だ」

「うぇーい……何か、色々と考えて頭が疲れたよぉ」

あみるは机に突っ伏すと、少し恨みがましく翔一を見た。

「ていうかさぁ、翔《しょう》ちゃんクイズ形式多くない？　こう、覚えればいいっていう感じの単語を教えてくれたら、いいと思うんだけど」

「それは、受験の時に友達に習った方法か？」

「うん」

「それじゃ駄目だな。いいか、丸暗記だけの勉強は覚えた気にはなるが、理解にはほど遠い。ちゃんと理解するには問題形式にして解いて、自分が解けなかったものから苦手なものをつぶしていくのが一番なんだ」

そう言って翔一は、問題の解答を書かせたノートを示す。

「お前の場合……まぁ大体が壊滅的なんだが……それでも強いて言うなら、スペルミスが目立つ。細かい勘違いが多いんだな。その反面、文法は割と正しく理解してるみたいだから、そこは自信もっていい」

「う、うん」

「あと、なぜか野菜や果物の単語はできてるな。かぶが『turnip』っていうのは日本人にはなじみないのに正解している。なぜ、こんなの覚えてるんだ？」

「何かね、テレビでやってた料理番組で出てきてたから覚えちゃった」

「……視点が主婦だな。まぁ、つまり興味のあることなら記憶力も発揮するってことだ。一度記憶力を鍛えるために、手にメモしないでスーパーの特売を記憶してみたらどうだ。きっと覚えてると思うぞ」

「うん、今度やってみる」

そして、再び二人は勉強に励む。

しばらくしてから日は暮れゆき、翔一《しょういち》も少し空腹を覚えた。

それを見透かしたかのように、あみるが微笑を浮かべてから告げる。

「そろそろ晩ご飯作ろうか？」

「あ、ああ、そうだな。頼むよ」

あみるは翔一に「任せて」とウィンクすると、台所に立って手際よく料理を始めた。

材料は学校から帰る途中に、スーパーで買い足した。昨日買ったぶんだけでは足りないとあみるが判断したからだ。その時、彼女が冷凍食品も買い込んでいたので、今日はそれがメニューに加わるのかと翔一は思っていたのだが。

「あれ、冷凍のフライとかは使わないのか？」

「あ、そっちはお弁当用。今日時間がなくて作ってあげられなかったし。明日は、冷凍ものとか、晩ご飯の残りとか使って作るからね」

「え、マジか？　そこまでしてくれるのか？」

「うん、どっちかというと手抜きだけどね。朝は忙しいから勘弁して」

「いや、そんなに忙しいなら別に作ってくれなくても……俺はパン買えばいいだけだし」

「でも、翔《しょう》ちゃん、購買のパンまずそうに食べてたじゃん。見えてたよ」

「……見てたのか」

その時の自分の心境を思い出して、翔一は何となく恥ずかしくなる。彼はあみるのスキンシップに何かもやもやしていたのだ。

幸いあみるはそれに気づいたふうでもなく、きゅうりを切りながら声だけ寄越《よこ》した。

「そういえば、翔ちゃん、昼ご飯食べる時はいつも一人だよね。友達いないの？」

「クラスで話すぐらいの奴《やつ》はいる。でも、一緒に昼飯食うほどの奴はいないな」

「えー。それじゃあ、翔ちゃんぼっちじゃん。寂しくない？」

「別に。学校は友達作るところじゃないし……俺は勉強さえできてれば満足さ」

「でも、せっかく入れた学校なんだよ。もっと友達と一緒にわいわい楽しんだ方が、『入って良かった』ってなってお得じゃん！」

確かに、その方が合理的かもしれない。翔一《しょういち》は納得した。

が、あみるの意見に賛同はできなかった。

「俺は別にあの学校、入りたかったわけじゃないから……」

「え？」

「……いや、何でもない。忘れてくれ」

翔一はそう言ったものの、不意に胸にわいた苦い思いは消せなかった。

あみるも察してくれたのか、特に何も言わずに黙々と料理を再開する。

その間に翔一はテーブルの上を拭き、食器を出して——全部あみるの指示通りだが——

食事の用意は整った。

「今日の料理は、白飯に味噌汁《みそしる》にハンバーグか」

キュウリやキャベツの刻んだものが添えてあり、彩りも麗しい。何より、ハンバーグは割と好きなメニューだ。翔一が機嫌良さそうに言うと、エプロンを外しながらあみるが人差し指を振ってみせた。

「ただのハンバーグじゃないよ。ヘルシーな豆腐入りハンバーグなんだから」

「えっ、豆腐入ってるのか。それなら母《かあ》さんも何回か作ったことあるけど、それって味薄くなってるんじゃぁ……俺、あまり好きじゃないんだよな」

「まぁ、いいからいいから。食べてみてよ」

あみるがにこにこと勧めるので、翔一は仕方なく箸を手に取って「いただきます」と言ってから、ハンバーグをつついた。

口に入れた瞬間、目をぱちくりとさせる。

「……あれ、意外と美味《うま》いなこれ。味がしっかりしてるじゃないか」

「当然。肉汁にワインと醤油《しょうゆ》、それにキノコとニンニクも炒《いた》めて作った、特製のソースがかかってるから」

えっへんと、鼻息も荒く胸をはるあみる。自慢げな態度だが、実際に料理が素晴らしい出来なので翔一は何も言えなかった。代わりに黙々と箸を進める。

白飯と味噌汁もかきこみ、すべて平らげると、舌も腹もすっかり満足してしまった。

「……ごちそうさま」

「はい、お粗末さま」

お粗末なんて絶対にない。そう言おうとして、翔一は口をつぐんだ。そこまで褒めるのは、本心だとしても何だか悔しい。

（こいつは普段しょうもない話題で盛り上がってる、あの女子たちの一員なんだし……それを手のひら返したように認めるのはなぁ）

しかし何のコメントも返さないのも、それはそれで大人《おとな》げないというものだ。翔一はのびをしながら「美味《おい》しかった」とだけ伝える。

それだけで。あみるは嬉《うれ》しそうに目を細めると、照れ笑いした。

その姿は愛らしく、自分の母親代わりというよりは——と、ここで翔一《しよういち》は、激しく首を横に振る。

「うん？　どうしたの、翔《しよう》ちゃん？　顔赤いけど」

「いや、別に……」

顔を覗《のぞ》き込《こ》んでくるあみるには、絶対言えなかった。

——こいつが母親というより、ドラマに出てくる新婚の奥さんに見えたなんて。

○

食事が終わってから、二人は再度勉強に取り組んだ。

あみるは相変わらず苦戦していたが、それでも頑張って苦手なポイントを少しずつだが克服していた。スペルミスも、最初に比べて減ってきている。翔一が、テスト形式で何度も試し、ミスしたらその都度復習させた成果だ。

そして、かなり時間が過ぎたところで、翔一は勉強会の終了を告げた。

「ふぅー、今日はもうこれでいいの？」

「ああ、いいぞ。お疲れさま」

あみるを労《ねぎら》いながら、翔一は手帳を取り出すと例のポイントを書き込んだ。

あみるは割と頑張っていた。今日は三時間勉強教えたから、翔一のポイントは一五Pとなる。

一方、あみるはまだ料理しかしてないから、ポイントは五Pだ。

これだと一〇Pも差があることになる。差が大きい。数値の見直しはもうちょっとするべきかもしれない。

（まぁ、まだ始めたばかりだし気にしてもしょうがないか。最終的にポイントが大体平等ならいいわけだ）

一ヶ月《かげつ》後ぐらいに、改めて見た方がいいだろう。翔一はそう自分に言い聞かせてうなずくが、少し後ろめたい気持ちはあった。

あみるは勉強を頑張ったぶんに対して、三分の一しか世話を焼けてないのだから。こちらももう少し積極的に、掃除とか洗濯を頼んでやった方がいい——。

（いやいやいや、だから逆だ、逆！　俺があいつの世話焼き量に対して、一〇P多く勉強教えてやってるだけだ。どうして後ろめたく感じる必要がある⁉）

微妙に理不尽な妙な感覚に、翔一は早く慣れなければと思った。

それより——机の上に突っ伏してるあみるを見る。集中して勉強したため、かなり疲れたようだ。

翔一《しょういち》はふと、少しぐらいならその努力に報いてやってもいいかなと思った。簡単にいえば、何か喜ばせることをしてあげたいと考えたのである。ごほうびがあった方が、勉強に対するモチベーションも下がらずにすむだろうし。

ふと、リビングにある大型テレビの下に目が留まった。

「あみる、前にゲームあるかどうか気になってただろう……」

「やらせてくれるの!?」

「いや、そんなに目を輝かせて食いつくなよ……そうなんだけど。ちなみに、どんなゲームがやりたい？」

「翔《しょう》ちゃんに任せるよ。超楽しみ～」

まぁ、ちょっとぐらいの息抜きならいいだろう。翔一はそう考えて、据え置きのゲーム機を引っ張り出した。最近親が購入したもので、彼の両親はそういうのが好きな若い気質を持っていた。

(というか、ちょっとふざけた性格なんだよな。大人《おとな》になりきれてないというか)

そんなことを考えつつ、ゲーム機の電源を入れ、メニュー画面からゲームを選ぶ。

と、その手慣れた操作にあみるが首を傾《かし》げた。

「ひょっとして、翔ちゃん結構ゲームやってる？」

「俺だって固い一方じゃないからな。息抜きにゲームぐらいするさ」

「へぇ、意外」

「それに、気分転換をはさんだ方が勉強の効率も上がるんだ。ただ闇雲にやるのは、まったくもって合理的じゃないからな」

「……へぇ、納得」

あみるの声が驚きから苦笑に変化したところで、翔一は立ち上がったゲームをスタートさせると、内容の説明をした。

「ほら、基本はＦＰＳ型ＲＰＧだ。このボタンで武器を切り替えて、このトリガーで撃つ。それと、このボタンで自動照準してくれるから、とりあえず敵に向かってここ押しておくといいぞ」

「え？　え？」

「ほら、敵がきた！　さっきのボタンを押せ」

「うぇ？　こ、こう⁉」

「よし、それでトリガーを……ああ、そっちじゃない、変な方向を向かせるな、ダメージ食らうぞ！」

「うへ？　ちょっと待って！　うひゃ、やめて、よほぉっ？」

「ぷっ……くくく」

「ちょっと翔《しょう》ちゃん、ウチ初心者なんだから、笑うの失礼じゃん！」

「ごめん、ごめん、でも一々奇声を発してるのが何かおかしくて」

「もー。そんなに言うなら翔ちゃんお手本見せてよ」

「ああ、わかった。このゲームにはちょっと自信あるんだ。見てろよ」

そして、翔一《しょういち》は言葉通りの辣腕《らつわん》を見せた。

キャラクターをジャンプさせ、視界に入った敵キャラクターに照準《エイム》。手にしたライフル銃の弾を撃ち込む。倒した後にすかさず視点をずらし、またも捉えた敵を攻撃。気づかれる前に倒してしまった。

鮮やかな動きで、ひょいひょいと廃工場のステージを走り回り、アイテムを手に入れながら敵を殲滅《せんめつ》していく。それを見て、あみるが興奮した声を上げた。

「わー、翔ちゃんすごい！　やっちゃえ、やっちゃえ！」

「お、おい、引っ張るなって」

腕に抱きつく彼女の胸の感触に、翔一は少し照準がずれそうになるのを感じた。慌てて技量でカバーし、敵を次々に倒していく。

ボスキャラクターは大型のロボットだ。レーザー、ミサイル、機銃と苛烈《かれつ》な攻撃を仕掛けてくるこれを、しかし翔一は難なくあしらい、あっというまに撃破してみせた。

「ま、こんなもんだな」

「すごいじゃん！」

もうあみるも遠慮してなかった。堂々と、翔一《しょういち》の首筋にすがりつく。本当、距離感のわかってないやつだなと苦笑しつつも、翔一はそれを引きはがし、「今度はお前の番だ」とコントローラーを渡した。

そっ、と押し返された。

「?」

「翔《しょう》ちゃんがやってて。ウチ、それを見てる」

「いいけど……それで、いいのか? せっかくゲーム出したのに」

「うん、ウチはそっちの方が楽しいから」

そのニコニコ笑顔に嘘《うそ》はないらしく、翔一は「ああ」とコントローラーを握った。

寄り添うように、すぐそばにあみるが座る。肩がくっつくぐらいに近い。

(――この方が、画面が見やすいからだよな)

翔一は何となく自分に言い聞かせながら、ゲームの続きを始めた。

第四話

休日も始めました

翔一があみるに勉強を教え、あみるが翔一に世話を焼く、互いのギブ&テイクを決めてから数日が経《た》った。

その間、特に問題もなく、二人の関係はまずまず良好と言えた。

が、ある休日——その関係に思わぬ亀裂が入りかけていた。

亀裂は鹿島《かしま》家の二階、翔一の部屋の前で発生していた。

「だから、そこやらないといけないって言ってるじゃん！　何でわからないかなー！」

「別にいいって言ってるだろ、お前こそわかれよ！」

「いーや、わかんない！　どうせすごく散らかってるんでしょ！　絶対に病気になるに決まってるんだから！」

「だから、そんなことはないって！　いや、多少散らかってはいるけど……それは、どこに何が置いてあるか把握できるようにしてあるだけだ！　計算して置いてるんだ！」

「部屋汚い人は、大体そう言うってテレビでやってたよ！　はい、言い訳で決定～！」

「勝手に決めつけるな！　ともかく、一切ここへの関与は受け付けない！」

譲らないとばかりに叫ぶ翔一《しょういち》。が、それはあみるも同様らしかった。

翔一をにらむ彼女は、三角巾、ゴム手袋にバケツとぞうきんを装備している。近くには掃除機もスタンバイさせていて、これで二人の口論の理由はわかるだろう。

あみるが翔一の部屋を掃除しようとして、翔一がそれを拒んでいるのだ。

あみるにすれば、彼女は翔一の母親代わりなのだから――そしてお世話が大好きだから――翔一の部屋を片付けるのは当然だと主張するのだ。

冗談じゃないと翔一は思った。

(確かにあみるの世話を受けるとは言った。だけど、私室まで荒らされる覚えはないぞ。ここは、プライベートの空間なんだ。個人にとって聖域みたいなもので――)

いや――ここで彼はかぶりを振って、素直に認めた。

ぶっちゃけ、自室を見られるのが恥ずかしいだけだ。特にあみるには。

その理由は自分でもよくわからなかったが、きっと部屋が自慢できるような状況ではないからだろう。

だが、しかし。

「翔《しょう》ちゃん、おーじょーぎわが悪い！　ほら、翔ちゃんのポイントの方が多いんだからね。ウチには、もっともっと掃除する権利があると思う！」

「うっ、それはそうだが」

あみるが示してみせた手帳を見て、翔一はうめいた。

先日、彼が目安を決めて書き溜《た》めているポイントは、あみる用の手帳にも写されている。

それによると、「翔一・三〇P」「あみる・二〇P」とあった。

「ウチは一〇Pぶん世話焼けてないいんだよ！　これじゃ、全然世話焼き足りないし。勉強頑張った甲斐《かい》がないじゃん！」

「いや、だからこれは、俺がお前に世話焼いてもらうための目安であってだな……」

「とにかく、ウチとしては当然の権利をしゅちょーします！」

棒読み具合から『主張』をおそらく漢字で書けてない（さっきの『往生際』も怪しい）あみるを前に、翔一は少し悩んだ。何しろこのポイント制を持ち出したのは自分だ、珍しくあみるの論に分《ぶ》がある。

（こんなことなら、ポイントとか持ち出すんじゃなかったかな……でも、この方がちゃんと公平に物事を量れるし……それに、あの部屋はさすがに）

などと、考えているうちに。

「隙あり！　お邪魔します！」

言うや否や、あみるが素早くドアノブに手をかけ、翔一は「あ！」と悲鳴を上げた。

もう遅い。禁断の扉は開かれ、部屋の全容がさらけ出された。

まず部屋を見て、あみるは目を瞬《まばた》かせたようだ。カーテンを閉め切りなので暗いからだろう。やがて目が慣れてきたらしく、「んん？」と眉をよせる。

彼女は、翔一《しょういち》の部屋を汚いと予想していたが、それは間違いだ。

――部屋は、ものすごく汚かった。

「……最終処分場？」

「……あみるにしちゃ、学のあること言うじゃないか」

ゴミの埋め立て地を示す言葉に、翔一は苦笑を浮かべたが、額の汗はごまかせない。

菓子の袋、衣類、その他ゴミ、本などが乱雑に積まれた部屋は、まさにその形容のごとく、足の踏み場もない惨憺《さんたん》たる様相を呈していた。

幸いにして、あみるはゴミの山を前に、めげることはなかった。

『むしろファイトが出てきたよ！　片付けるから、翔《しょう》ちゃんは下でくつろいでて！』

言外に戦力外通告を出され、翔一はしぶしぶリビングへと下りた。

『あ、でも、さすがにこれは一〇Pぐらいもらってもいいかな……』

追い打ちとばかりに言われて、少ししょげる。あの家事が大好きなあみるが、わざわざポイントの追加をもらいたがるほど、翔一の部屋は酷《ひど》い有様だということだ。

「いや、そりゃ汚く見えるかもしれないが……俺が生活するんだからいいじゃないか」

ぶつくさつぶやきながら、勉強の用意をした。

自分のではない、あみるに教えるぶんである。

（わざわざ休日に向こうから押しかけてきたんだ。こっちも勉強をたたき込んでやろう）

本来翔一は、あみるの世話焼きも自分の勉強指導も、平日のみやるつもりでいた。

それが、今朝《けさ》になってあみるが現れ、「お母《かあ》さん代わりなんだから毎日やって当然」と笑いながら朝食の用意をした。律儀《りちぎ》、というよりはよっぽど世話が好きらしい。

だったら、勉強もしてやらないと、というのが翔一流の合理的な考えであり、ささやかな復讐《ふくしゅう》でもあった。何しろあみるは、突然翔一の部屋を片付けると言い出したのである。

『お部屋もちゃんときれいに掃除しなきゃ、翔ちゃん病気になるもんね』

彼女いわく、三日に一回はすべての部屋を掃除したいらしい。しかしそこは学校もあるからせめて一週間に一回、最低翔一の部屋だけでも片付けるとのことだった。

冗談じゃなかった。

「まったく、部屋の片付けなんて二ケ月《かげつ》に一回でいいだろうに」

あみるが聞いたら、猛烈な勢いで抗議しそうな言葉を翔一は口にした。

「そもそもあそこは一見汚く見えるが、理想的な配置でものを置いているんだ。素人《しろうと》にはわからないかもしれないが。それをあれこれひっくり返されるのは、何か落ち着かない……別にやましいものを置いてるわけじゃないから、いいっちゃいいんだが」

翔一《しょういち》の部屋にあるのは、大体勉強道具か、趣味の本ぐらいだ。思春期の少年にありがちな、露出の多い女性の本などは持っていない。身近にもいないはずだ。

例外として一人、最近クラスで話すことがあった少しオタク趣味がある級友が、そういう扇情的な漫画を持っていて——。

「あ……」

さぁっ、と翔一の顔が青ざめた。

昨日、その級友が「たまには優等生もこれぐらい読めよ」と女の子のエロハプニングが多い漫画を差し出してきた。まったく趣味に合わないので突っぱねたら、何と帰宅後にその漫画が鞄《かばん》から出てきたのである。

いたずらで、いつの間にか鞄に仕込んでいったらしい。「余計なことをして！」と、翔一は憤慨し、次に学校で会ったら突っ返そうと思った。

昨日のことである。

その翌日、つまり、今日が休日なので——まだ漫画は返せていない！

「やばい！　おい、やばいぞ！」

翔一は真《ま》っ青《さお》なまま立ち上がった。うろうろとリビングを歩き回る。

いや落ち着け、あの本は鞄の中に入れっぱなしだ。たとえあみるでも、わざわざ鞄の整理までしてないだろう。なら、下手《へた》に部屋に行って鞄をいじるよりは、じっとここで待った方が得策だ。そうでなければ、不自然に感じられる。

神に祈りながら、翔一は時間が過ぎるのを待った。

きっちり一時間後、あみるは部屋から出てきた。

「お待たせ、ちゃんと片付けたよ！」

「あ、ああ。お疲れ様。えっと、その、他には変なのはなかったか？」

「？　変なのって？」

「いや、いいんだ。特にないなら」

達成感からか清々《すがすが》しい笑みを浮かべているあみるに、翔一はほっとした。どうやら例の漫画は見つかってないらしい。が、油断はできない。

隙を見て、自室に戻って、漫画本をどこかに隠さないと。

「よし、あみる。とりあえず勉強始めるか」

「え？　今日はいいよ、休日じゃん！　休日まで勉強する必要ないじゃん！」

「ダメだ、お前だっていきなり休日に世話焼きに押しかけて来たじゃないか。それに、ポイントもこれで五分五分になったはずだ。どうせこの後も、色々と家事してポイント稼ぐんだろう？　だったら、俺が勉強教えても差し支えないだろう」

「うー、わかった……それに、頑張らないと留年しちゃうもんね」

「そういうことだ。今日の勉強は現国にしよう。辞書持ってくるから、ちょっと待っててくれ」

そう言い置くと、翔一《しよういち》はリビングから出た。

これで例の漫画本を処理できる！

急ぎ階段を駆け上がって、自室の前まで来る。

扉を開き、感動した。

「お、おお……！」

あの最終処分場に空き地が生まれている。ゴミはすべてゴミ袋に入れられ部屋の隅に寄せてあった。本はちゃんと巻順に本棚に入れてあり、洗濯物も階下の洗濯機に放り込んだと思われる。

床にはもちろん掃除機をかけ、窓も綺麗《きれい》に拭き、カーテンを開けて陽光を取り入れていた。ベッドの上には布団がきちんと畳まれている。机の上のごちゃごちゃしていた筆記具などは、恐らく引き出しなどにしまったのだろう。

「まったく、これじゃあみるに頭が上がらないな。すっかり全部片付いて――」

――片付いてはいなかった。

翔一は、もう一度机の上を凝視した。

何かが置いてある。本とメモのようだ。眉をひそめてそれを取り上げ、確認する。

目が飛び出しそうになった。

そこには、あの女の子の露出が多い漫画が、書き置きを添えて置いてあったのだ。

『大丈夫、翔《しょう》ちゃんもお年頃だってわかってるし！　見なかったことにしたげるから！』

これが誰の仕業かは言うまでもない。

翔一は頭のてっぺんから足のつま先まで、体が火照《ほて》るのを感じた。

「ちがっ、これは俺のじゃない……というか見なかったことにするなら、一々書き置きと一緒に目立つところに置くなぁああ！」

叫んでから、その声をぶつける相手は階下にいると気づき、翔一は大慌てで部屋を飛び出した。

○

それから小一時間ほど、翔一はあみるに漫画の出所について説明をしていた。

「というわけで、あれは俺の持ってる漫画じゃないんだ。わかったか？」

「ああ、うん。というか、ウチはどっちでもいいんだけど……」

「俺がよくないんだ！　誓って言うが、俺はあんな俗っぽい漫画読んだりしない！　あんなもの読んでると思われると、名誉に関わる！」

「そんなに大げさなことかなぁ。ウチ、メアちゃんとかに聞いて知ってるよ。年頃の男の子って色々と大変だってね？　何か、女の子の肌見るとケダモノ？になったりするんだって？　だからああいう漫画読んでハッサン？するのも仕方ないって」

「聞きかじりの知識で、とんでもないこと言うなよ……」

もう少し、年頃の女性として慎みとか理解してほしい。手を頬《ほお》に当てて「やーねぇ」とばかりに苦笑するあみるに、翔一《しょういち》は閉口した。それにしてもこいつ、時々仕草がおばさんくさくなるな。

実際のところ、彼女はどの程度周りから、男に対する知識を吹き込まれているのだろう。何となく気になったが、聞くとセクハラになりそうなのでやめておいた。

「とにかく、思った以上に解説に時間食ったな……勉強やるぞ」

「ああ、やっぱりやるんだ……」

そして二人は勉強を開始した。

翔一が、教科書や辞書を片手にあみるに指導をしていく。文句を言っていたあみるも、いざ取り組み始めれば、それなりに熱心に励んだ。

これも英語と同じくテスト形式を中心に勉強させる。質疑応答をしたり、小テストを交えたりしているうちに、時間はあっという間に過ぎていった。

そろそろ休憩するかな。翔一がそんなことを考えた時、あみるがぼやいた。

「うーん、ウチちゃんと勉強できてるのかなぁ」

「どうした、急に？」

「だって、テスト問題で間違いばっかりなんだもん……心配になるじゃん」

「大丈夫、とは断言できないがな。でも、お前の勉強見てるうちに、何となく特徴がつかめてきたぞ」

「え、特徴？」

「ああ、英語の時もそうだったが、ちょっとした勘違いが多い。物事を間違って覚えるんだな。だけど、落ち着いてやればそこまで記憶力が悪いってわけじゃない。特に……」

参考書をぺらぺらとめくって、翔一はある問題の書かれたページを示した。

「この文章題。小説の抜粋からなる問題だが、ここの成績がやけにいい。出てくる漢字もちゃんと覚えてる。何でだろうと思ったんだが、これ主人公の女性が家事してるシーンだからじゃないのか」

「あ、そうかも。『洗剤』とか、『炊飯』って言葉は、よく目にするから覚えてるよ」

「あと、片付けをする主人公の心情もわかってるな。つまりお前、興味があることには能力を発揮するタイプなわけだ。だから、勉強自体に興味を持てば……」

「…………」

「……無理そうだな。わかったから、そんな泣きそうな顔でにらんでくるなよ」

せめて、この勉強に対する苦手意識が少しでも緩和されれば。翔一はそんなことを考えたが、これがなかなかいいアイデアが出てこない。

頭を悩ませていると、ふとノートを見直していたあみるが、声を上げた。

「ねえ、翔《しよう》ちゃん」

「何だ？」

「こっちの漢字だけどさ、何て読むんだっけ」

そう言って、あみるは距離をつめて紙面を見せようとする。体が密着し、女子特有の柔らかい感触と、どこか甘ったるい匂いが五感を刺激した。

翔一《しよういち》は慌てて、この無防備な娘を引っぺがした。

「だ、だから、お前距離近いぞ！」

「ありゃ？」

「それと、この漢字はさっき教えただろう。本当に、ちゃんと覚えてくれよ……」

「あはは、ごめん。もう一回お願い」

手を合わせて謝るあみる。その体がもぞもぞと動くのを見て、翔一は今さらながらあることに気づき、呆然《ぼうぜん》と彼女の方を見た。あみるが気づいて、首を傾《かし》げる。

「ん？　どうしたの、翔ちゃん」

「いや……冷静に考えたら、いつも制服姿しか見てないからさ。お前の私服姿、久しぶりに見るなと思って」

「あー、そういやそうだね……って、あまりじろじろ見ないでよ、恥ずかしいじゃん」

「あ、悪い、そういうつもりじゃ……」

と言いながらも、翔一は目線をそらすことにかなりの苦労を強いられていた。

あみるの格好《かっこう》が、何となく新鮮に思える。

上はシャツ、下はデニムのパンツとシンプルな格好だが、シャツは大胆に肩が開いてその下のキャミソールの肩紐《かたひも》を見せてるし、パンツは太ももから下が見えるようなショートだ。白くすべすべの肌に、目が吸い寄せられた。

もちろん、ゆるふわなサイドアップも、薄いがはっきりとわかるメイクも健在だ。これらが合わさって、女性という認識を強烈に翔一に与えてきた。

あまりにもちらちら見るので、あみるも気になったのか、少し顔を赤くしながら翔一に尋ねた。

「あの、どうかな。ウチの格好変だったりする？」

「変じゃない……あまり見慣れない格好だけど、その、似合ってると思う」

「良かったぁ。実を言うとね、ウチ本当はこういうカジュアル系より、フェミニンとかガーリーとかの方が似合うんだよ。でも、みんなにあわせると、どうしてもこっち系の格好することが多くて」

「フェミ……ガー……？」

「もっとゆったりした服だよ。そっちの方が好きなの。だって、ウチおっぱい小さいし」

最後の露骨な物言いに、翔一《しょういち》は思わず「がはごほっ」と咳き込《こ》んだ。顔が耳まで赤くなってしまう。思春期の男子高校生に、刺激のある言葉を使わないでほしい。

が、その態度をどう解釈したのか、あみるはきょとんとした顔で翔一を見ると、やがて面白そうに、にやぁ、と笑って言った。

「なになに、翔《しょう》ちゃんひょっとしてウチの胸が気になったりする？」

「ち、違う、誤解だ！　何でその結論に至ったんだ！」

「だってメアちゃんが言ってたし。男の子は女の子のおっぱい大好きだって。本当、こんなのの何がいいんだろうね」

「……いや、いいから。もうその話題から離れろ。本当、もういいから」

自分で胸をむにむにと触ってみせるあみるに、頭痛を覚えながら翔一は告げた。こいつはきっと、男がどういうものなのかまだ良くわかってないんだろうな。それはそれで、少し安心したけど。

それにしても、と翔一は内心毒づいた。あみるの友人はあみるに余計なことしか吹聴《ふいちょう》しない。一度メアという少女に直談判《じかだんぱん》してやろうと、心に固く誓う。

「はぁ……とりあえず、勉強の続きをするぞ。もう少ししたら、休憩に入るからな」

「はぁい。やたっ、ウチもうへとへとだよ！」

俺だって今ので急にへとへとになったよ。翔一は言いたかったが、声に出すと余計に疲れる気もしたので、黙ってることにした。

勉強の後、ちょこちょこ掃除の続きをしたり、食事をしたりしていると、あっという間に日が暮れた。

ほとんど遊びとは無縁だったが、かなり充実した一日だと翔一は思った。

だからというわけではないが、彼は珍しくあみるを家まで送ることに決めた。

「別に、すぐ近くなんだしそこまでしなくていいのに」

「まぁ、たまにはいいだろう。そうでもしなきゃ、今日一回も外に出てないしな」

あみるの言葉を混ぜっ返すようにして、翔一は彼女の隣に並んで歩く。

実際、自分が夜の住宅街を歩くのがかなり久しぶりだということに気づいた。

まだ四月の半ばだ、陽《ひ》が落ちるのはそこそこ早い。繁華街でもないので、街灯がかろうじて光を放っている街角は、かなり暗いと言えた。

「……もっと早くに気づくべきだったな」

「え？」

「これからは、毎回送る。女の子がこんな遅くに一人で歩くのは危険だ」

「大丈夫だよ、いざとなったら大声出すから。ここ、家はいっぱいあるし」

そう言って、あみるはけらけらと笑ったが、翔一《しょういち》は今の誓いを譲る気はなかった。

強引にでもついていって、ガードを務めよう。そう思いながら、あみるを見て——ふと、感心した声を出す。

「それにしても、お前が漬け物まで作ってるなんて知らなかったな」

「え？　あ、これ……すごいでしょ、ぬか床も毎日世話してるんだよ」

そう言って得意げに、あみるは抱えていた鞄《かばん》を見せた。中には空の容器が入っている。

朝に冷蔵庫に入れていたから何かと思えば、そこにはきゅうりの漬け物が入っていて、夕食の時に切って出してくれたのだ。自家製と打ち明けられ、翔一は驚いた。

「本当、お前はそういうところマメだよな……この調子で、勉強も要領よくやってくれれば問題ないいんだけど」

「あ、あはは……勉強はどうしても苦手だしね」

「でも、受験勉強はできたんだろう？　その時の要領でできないのか？」

「それは……あの時は、どうしても高校受かりたかったから。必死だったせいもあるかな。今は何ていうか……留年するって言われても、本当いうとあまりぴんときてないし」

「まぁ、そうだろうな。俺もぴんと来ないよ。留年なんて、絶対経験しないだろうしな」

「翔《しょう》ちゃんは勉強できるもんね。というか、休み時間でもずっと勉強してるし……」

と、あみるはそこで言葉を切ってから、ふと翔一に尋ねた。

「ねぇ、翔ちゃんこそどうしてそんなに勉強してるの？」

「え？」

「だって、休み時間でも勉強してるみたいじゃん。普通、そんなに勉強しないよ。ちょっと真面目《まじめ》すぎない？　小さいころからここまで真面目だったっけ？」

「失礼な、俺はずっと真面目だぞ。それに……」

と、翔一は以前、あみるに自分が言った言葉を思い出した。

『俺は別にあの学校、入りたかったわけじゃないから……』

同時に、記憶が蘇《よみがえ》る。苦くも甘美でもなく、ただむなしいだけの記憶が。

彼は立ち止まって、月がぼんやりと見える夜空を見上げながらつぶやいた。

「俺さ、将来にちょっとした夢があるんだ」

「夢？」

「ああ。世界中のオカルトを研究したいんだ。科学、民俗学、色々な見地から」

「みんぞくがく？」

「要するに、地方の風習や、文化、そういったものの研究だよ。オカルト話を語る時、これらの要素は切っても切れないものなんだ。例えば、人をさらうという天狗《てんぐ》が目撃された地方で、山伏の修行が盛んだったとする。天狗は大体山伏の格好《かっこう》をしているから、この天狗の目撃談は山伏を見間違えたのではないかという推測が成り立つだろう？」

「え……あ、うん？」

「あみるには難しいか……まぁ、とにかく民俗学に限らず色々な学問から研究すれば、オカルトがどういうものか解明できると思うんだ。世に流れる怪談、UMA《ユーマ》目撃談、都市伝説——そういったものが実存するのかどうか、俺は自分で調べてみたい」

「あれ、じゃあ翔《しょう》ちゃんはオカルトって信じてないの？　そういう本ばかり読んでるし、お守りも持ってるから、信じてると思ってた」

「信じるとか信じないとかじゃない。ちゃんと研究しないうちに答えを出すのは合理的じゃないと思ってるだけだ。だから俺は、オカルトな話が出たらまず分析して、真偽を確かめるべきだと考えている」

お守りをわざわざ研究したのもそのためだ。噂話《うわさばなし》をそのまま飲み込むのではなく、ちゃんと自分で効果があるか確証が欲しかったのだ。そして、それなりの効果を見込めるという結論に至ることができた。

お守りが効く仕組みは未《いま》だにわからないが、きっと何か理由があると思っている。ひょっとしたら心理的効果とか、その辺が複雑に絡んでるのかもしれない。いずれそのことも研究したいと彼は考えている。

そして、将来はそれらの分析を仕事とする人間に翔一《しょういち》はなりたいと思っていた。

「そうしたら、中学二年生の時かな。そういう研究をしている教授がいるって、ニュースでやってるのを見てさ。俺は興奮したよ、師と仰げる人がいるじゃないかって。その人がいる大学に絶対に行きたいって思った。だけど、その大学はかなりレベルが高い一流大学で……だから、俺は高校も進学校を受けることにしたんだ」

と、遠い目をしてつぶやく。

「でも受験当日、風邪《かぜ》で体調を崩してな……」

「え……」

「試験の結果は散々……結局落ちた。それで、滑り止めの今の高校に入ったんだ」

あの時の悔しさは、今でも忘れない。

試験に受かる自信はあったのだ。だが、体調管理を怠ったせいでパフォーマンスを発揮できなかった。何度自分を責めただろう。

と、あみるが気遣わしげな表情で見てくるので、翔一は肩をすくめた。

「気を遣わなくていい。過去の話だし、今さら掘り返しても仕方ない。それに、俺は今もその大学に入る夢を捨てていないんだ。だから、進学校でなくても一流の大学に入れるよう、休み時間でも家でも必死に勉強している」

今の学校は進学校ではない。お世辞にも授業を受けてるだけでは目指す大学に入れるとは思えない、より精進が必要と翔一は判断した。

「ふぅん。あ、でも、それなら塾に入ろうとか思わなかったの？」

「塾か……それも考えたんだが、何か性に合わないんだ。月謝も高いし、両親も今の高校の勉強だけで満足しておけ、必要以上の出費をするつもりはないと言った。だから、俺は独力で勉強することにした。もっとも、並大抵《なみたいてい》の努力じゃ身につかないと覚悟はあったからな。だから、休み時間も予習復習や、知識を得るための読書に充てることにしたんだよ」

これが、翔一《しょういち》が孤高を貫いてまで勉強するようになった「事情」だった。級友ともほとんど話さず、周りの雑談も気にかけない。下手《へた》にそちらに興味を移せば、ずるずると引きずられて勉強がおろそかになると思ったからだ。

（本当はもう少し肩の力を抜いて学校生活送りたかったんだけどな……けど、受験に失敗したのは身から出た錆《さび》だ。俺はその穴埋めをするためにも、周りのクラスメートみたいに気楽な生活を送ることはできない）

正直に言うと、時々、休み時間に談笑している級友たちが羨ましくなる。だが、翔一はその気持ちを押し殺してきた。すべては夢を叶《かな》えるために。

——とはいえ、まだ高校に入りたてだから一ヶ月《かげつ》も経《た》っていないが。それに、読書は彼の好きなオカルトの研究も兼ねていたので、割と辛《つら》くもなかった。自分が潰れるほどの追い込みは非合理的だと、彼はメンタル管理を徹底していたのである。

このことをすべて話すと、あみるは翔一の顔をつくづくと見つめていたが、やがて「あ」と声を上げ、恐る恐る尋ねてきた。

「翔《しょう》ちゃん、ひょっとして……ウチに勉強教えるのは、勉強や研究の邪魔だったりする？」

「そうだ……と言いたいところだが、実は別に文句はない。前にも言ったが内申点が上がるらしいからな。大学受験に直接影響はないかもしれないが、高くて損はないだろう……それに、お前が世話してくれてる方が、体調もよくなるから勉強もしやすいし……」

「あらやだ、おだてても何も出ないよぉ」

いきなり表情をころっと変えて、嬉《うれ》しそうに背中をばしばしと叩《たた》いてくるあみる。翔一は、しまった、と心中で独りごちた。今の言葉は決しておだてではないが、結果的にあみるを調子に乗らせたようだ。もう少し神妙なぐらいが、こちらもやりやすいのに。

と、あみるは一息吐《つ》くと、少し寂しそうに微笑《ほほえ》む。

「それにしても、知らなかったよ。翔ちゃんは好きで勉強してるだけだと思ってたけど、大変な思いをしてたんだね……ウチと一緒で」

「いや、同じにされるのは何か心外だけど。まぁ大変だよ」

「それでも、勉強や研究をがんばれるのは、ちゃんとした目標があるから？」

「そうだな。夢を叶えたいって思いは、確かに意欲《モチベ》になってるな」

「じゃぁ、ウチも何か夢があればがんばれるかな？　モチベになる夢が。それでモチモチっとがんばれば、もっと勉強もはかどるかも！」

「そんなにうまくいくかな……それとお前、モチベが何の略かわかってないだろ」

現状ではポイント制がモチベーションの一端を担ってるはずだ。世話焼きはあみるの趣味だし、そのために勉強が必須となれば、やる気にもなるだろう。

しかし、と翔一《しょういち》は思った。これだと動機としては「許可を得るためのもの」となっている。義務を果たしているようで、あまり気分は良くないかもしれない。

それよりも、何か達成を実感できるもの、つまりごほうびがあった方がやる気は出るだろう。勉強に対する苦手意識も軽減されるかもしれない。

(問題はそのごほうびの内容だな……)

しばし考え込む。前にゲームをやらせはしたが、あれは翔一が勝手に決めたものだ。もっとあみるが望むごほうびの方がいいに違いない。

よし、と決意して翔一は口を開いた
「それなら、これはどうだ。今度、小テストを俺が作る。それで全教科八〇点以上取れたら、ポイントとは別のボーナスとして、お前の頼み事を一つ聞いてやるよ」

「え、本当!?」

「ああ、ただし俺のできる範囲にしてくれ……金とかそんなにかからない奴《やつ》で頼む。小遣い、そんなにないんだから」

「うん、わかった。何か考えておくね」

笑顔でうなずくあみるに「いや、八〇点以上取ったらだからな。それを忘れるなよ」と翔一は釘《くぎ》を刺す。

やがて二人は、あみるの住むアパートの前まできた。

「じゃ、ありがとうね。翔《しよう》ちゃん、おやすみ」

「ああ、おやすみ」

上機嫌で手を振り、駆け出していくあみるを翔一は見送る。

彼女の部屋はなんとなく覚えている。二階の端の方にある部屋だ。

「……あれ？」

怪訝《けげん》な声が出た。

アパートの大体の部屋には、灯《あか》りがともっている。今は夜だし、当然のことだろう。

だが、あみるが住んでいると思《おぼ》しき部屋の窓は、暗いままだった。

「……おかしいな。おばさん、帰り遅いのか」

あみるは現在母親と二人暮らしのはずだ。だから、てっきり母親が家で待っていると思ったのだが。

やがて、部屋の灯りがつく。あみるが帰ったのだろう。それを見届けてから、首を一つかしげ、翔一は帰路についた。

第五話 デート始めました

「はー、やればできるもんだな」

「でしょ！ ウチ、すごく頑張ったし！」

呆然《ぼうぜん》とする翔一《しょういち》の前で、あみるはガッツポーズを取ってみせた。

リビングにあるローテーブルの上には、翔一が作った小テストの結果が並べられている。

国語八〇点、数学八五点、英語八二点、社会八七点、理科八九点。

中学のレベルにあわせて作られたテストとはいえ、立派に八〇点を上回っていた。

それを前に、あみるは得意そうに胸を張って言葉を続けた。

「家でも、翔《しょう》ちゃんに教えてもらったこと、ずっと復習してたんだからね」

「いや、大したものだ。お見それいたしました」

「ふふっ、じゃあ約束だし、お願いごと聞いてもらおっかな！」

「ああ、いいよ。何でも言ってくれ」

約束とは、以前交わした「なんでも言うことを聞く」というものだ。

とても嬉《うれ》しそうなあみるとは裏腹に、翔一は淡々とうなずく。どうでもいいわけではなく、純粋に自分も嬉しかったのだ。出来の悪い生徒が、これほどの好成績を収めたとなると、感動も大きい。そうなると、かえって感情は表に出しにくくなる。

だが、あみるはそれに気づいたか気づいていないのか、人差し指を立てると、

「えっと……」

三〇秒ほど固まった。翔一は首を傾《かし》げる。

「どうしたんだ？」

「やー、そのね。まだ、お願いごと考えてなかったなって」

「そうか、それならじっくり考えておけよ。期限を設けるつもりはないし」

「うん、決まったら言うね！」

上機嫌であみるは微笑《ほほえ》み、鼻歌まで歌い始める。

翔一は彼女が願い事を決めるのを待ち遠しく感じた。

（せっかく頑張ったご褒美だ、何でも叶《かな》えてやりたいところだが……あみるのことだから、無茶《むちゃ》な注文してくる可能性もあるな）

とにかく、目の前の少女の――ギャル系少女の要求など、翔一にとっては未知数なのだ。

何を言われても動じないように、心の準備だけはしておかなければ。そう考えながら、彼は未《いま》だ上機嫌にまだ鼻歌を歌っているあみるを見つめた。

教師からあみるの勉強を頼まれて、一週間が過ぎようとしていた。

二人の関係は、未《いま》だクラスメートには秘密だ。だから、教室では翔一《しょういち》とあみるは無関係を決め込んでいる。

「でもさ、話しかけるぐらいよくない？」

「いや、他の奴《やつ》に変に勘ぐられるのイヤだからな」

「変って？　どんな？」

「……いやまぁ、色々だよ」

言葉を濁す翔一は、確かに自分は考えすぎかもと少し思った。

彼が危惧しているのは、自分とあみるが割と密接な関係——親密かどうかは今一よくわからない——なので、周りが仲を曲解するんじゃないかということだった。

要するに、つき合ってるのではないかと勘違いされるのが嫌なのである。

そうでなくても、教室内では時々「あいつとこいつがつき合ってる」とか「隣のクラスのあれとこれがつき合ってる」とか、ゴシップで騒ぎになる。騒々しい会話が嫌いな翔一にとって、その話題の種となるのは耐えがたいものがあった。

（でも……考えてみたら、俺って話題になるほど目立つ存在じゃないよな。仮にあみるとつき合ってると勘違いされてても、ふーん、で済まされるかもしれない）

なら、別に勘違いされても――そこまで思考を推し進めて、翔一は首を振った。

ダメだ、たとえ騒がれようが流されようが、事実を曲解されるのは好きじゃない。

というか、何でそれでもいいと思いかけたんだ俺。

ぼんやりと疑問を頭に浮かべながら、昼休み、翔一は弁当（あみるの手製だ）を口にしつつ、教室を眺めていた。

中央、もちろんあみるがそこに座っている。今日は珍しく、あまり多くの女子生徒と話していない。黒髪の娘《こ》と一緒だ。確か、メアと呼ばれていた、いつか翔一が話をつけなければならないと勝手に決めてる相手だ。

「で、ここをこうすると……」

「おー！　メアちゃんすごい、ウチこんなの知らなかったよ！」

「あみるは、割とアプリの使い方知らないわよね。今時の女子高生で、それはちょっとレベル低いんじゃない？」

「あはは、ごめん。最近、頭は違うことに使ってるから」

そんなことを話しつつ、二人はあみるのスマホをいじっていた。どうやら何か操作方法について指導してもらってるらしい。

相変わらずあみるの声は大きく、騒がしいが、それが気になってないことに翔一は気づいていた。勉強を教えているうちに、慣れたんだろうか。

と、クラスメートが一人通りかかると、翔一《しょういち》に向かって言った。

「お、なんだ、鹿島《かしま》。また柚木《ゆのき》のこと見てるのか？」

「ごほっ！」

白飯を吹き出しかけた。『噴飯』という言葉を思い出しながら、咳き込《せこ》みつつ、翔一は
そのクラスメートに目線を移す。前に、自分とあみるが知り合いか訊《き》いてきた男子生徒だ。

「ま、またって何だ……別に俺は」

「いやいや、隠すなって。近頃のお前、昼休みになるとよく柚木のこと見てるじゃないか」

「いや、それは……」

教える勉強についてとか、色々考えることがあるからだと翔一は言いたかった。

しかし、秘密にしている以上何も言えない。結局「偶然だ、偶然」と苦しい言い訳で押し通すしかなかった。

が、クラスメートはなおもにやにやしながら、翔一を肘でつつく。

「そんな隠すなって……まぁ、お前が夢中になるのわかるけどな。柚木って男子からも人気あるし」

「え、そうなのか？」

「そりゃそうだろ。あれだけ明るくて可愛《かわい》くて、人なつっこいんだから。男にだって気やすく声かけてくれるんだぜ。おバカなところもあるけど、それもまた愛嬌《あいきょう》だし」

「騒がしくて、馴《な》れ馴《な》れしくて、単純にバカの間違いじゃないのか……」

「おいおい、そんなこと口にしたらクラスの大半の男子に刺されるぞ」

そう言って笑う級友を、翔一は呆然《ぼうぜん》と見た。あみるがそこまで、男子から人気があるとは思わなかったのだ。

そして同時に思う。あみるとの仲が誤解されても支障ないと思っていたが、それは間違いのようだ。クラスメートの言うことを信じるなら、クラスのほとんどの男子を敵に回すことになるだろう。最悪、毎日違うクラスに逃げ込むはめになるかもしれない。

「ちなみに、他のクラスにもちらほらファンがいるらしいぞ」

「……三界《さんがい》に家なしかよ」

「そういうわけで、かなりの高嶺《たかね》の花《はな》だから、やや陰キャなお前とは釣り合わないよ。今のところ、向こうから話しかけることもないしな。柚木さんとは縁がないんじゃないか」

「はぁ……」

「ま、想《おも》いが届かなくてもくよくよするなよ。おれでよかったら、愚痴は聞いてやる」

「だから、勘違いだって……まぁ、いいや。気持ちは受け取っておくよ、高田《たかだ》」

「いや、俺の名前八木健介《やぎけんすけ》なんだけど!?　かすりもしてないよね、ねぇ！」

友達の名前ぐらい覚えろよ！　そう叫ぶ八木なにがしを無視して――元々そんなに興味ない――翔一は頬杖《ほおづえ》をついて考え込んだ。

こうなった以上、なるべく校内で接触は減らそう。ぼんやりあみるを見てるクセもついてるから、それも何とかしないと。

だが、やっぱり視線は何となくあみるに向く。そのあみるはスマホを消すと、ふと自分の方に顔を向けた。

見てたのがバレたかな。慌てて視線をそらそうとする。

——と、あみるは満面の笑みで、こちらに向かって駆けてきたではないか。

「翔《しょう》ちゃん、決まった、決まったよ！　翔ちゃんへのお願いごと！」

「このバカぁあああ！」

翔一《しょういち》は青ざめてあみるの口をふさぐと、同時に彼女の体を抱えて教室を飛び出した。

想像通り、教室は一瞬の静寂に包まれた後、「今のなんだ？」「柚木《ゆのき》が鹿島《かしま》に話しかけてたぞ」「というか、何だよ『翔ちゃん』って！」と、野郎どもの喧噪《けんそう》に包まれた。

翔一はあみるを連れて、校舎裏にある庭へと逃亡していた。

幸い、人は少ない。とりあえずは、他人の視線を気にする必要はなさそうだ。

そこでやっと抱えていたあみるを下ろすと、憤然と顔を真っ直《ま》ぐ《す》ににらんだ。

「お前なぁ、言ったよな？　学校じゃ話しかけるなって」

「いやー、ごめんごめん。お願いが決まったから、すぐにでも言いたくて。忘れてた」

悪びれないあみるを見て、はぁ、とため息を吐《つ》く。

仕方ない、起きたことは起きたことだ。今は割り切って、あみるの話を聞こうとしよう。

「で、何だ。願いごとの内容」

「うん。明後日《あさって》って日曜日でしょ」

「ああ」

「その日、デートしてほしいなって……あれ、どうしたの翔ちゃん」

意外な単語が出てきたので、翔一は前のめりに転びかけていた。

デートだって!? 俺があみると!?

まさかあみるの奴《やつ》異性として俺を意識してるんだろうか――そこまで考えて、ふっと笑みを浮かべた。自分の想像が急に馬鹿馬鹿しく感じたのだ。

（ないない、ありえない。あみるのことだ、特に深く考えて言ってない。きっとデートっていうのも、一緒に出かけるぐらいの意味にしかとらえてないだろうし……）

「ところで、翔ちゃん。デートって一緒にお出かけすることであってるよね？　ウチ、初めてデートするんだけど」

「……本当に期待を裏切らないな、お前は」

「え、何が」

きょとんとするあみるに、翔一は「何でもない」と手を振る。

おかげですっかり気分が落ち着いた。余裕をもって、質問を重ねる。

「それで、どこに行きたいんだ？」

「えーとね」

あみるはスマホを取り出すと、操作してアプリの画面を見せた。

「じゃん、これ！」

「……何だ、これ？」

「色々な店のお得情報を教えてくれるアプリ！　それでね、今度『ニオン』でクリアランスセールやるって。バーゲンだよ、バーゲン！」

「……まさか、それにつき合えってのか？」

「うん、そう！　なんたって最大七〇％オフだからね！　これ逃すと次はない、お買い物のチャンス！　いっぱい買うから、翔《しょう》ちゃん手伝ってよ！」

大はしゃぎで力説するあみるに、翔一《しょういち》は「デートとは」と内心思った。

「これじゃ、単に荷物持ちにされるだけじゃないか」

「メアちゃんは、男女のデートってそういうものだって言ってたけど」

「だからお前は、メアとかいうやつの情報を一々鵜《う》呑《の》みにするのはやめろ！」

直談判《じかだんぱん》の時は近いと、翔一は確信した。

だが、あみるの願いを聞くと約束したのも確かだし、喜ぶ顔が見たいと思ったのも本心だ。今回ばかりは荷物持ちでもいいかと思った。

それに、下手《へた》にデートと考えるよりは、付き添い兼荷物持ちと考えた方が緊張しなくてすみそうだし。

「まぁ、いいか。次の日曜日に『ニオン』で荷物持ち、確かに承った」

「やたっ、それじゃ約束だよ」

かしこまる翔一に、あみるは笑顔になると「また後でね」と教室へと戻っていった。

翔一も続こうとして、ふと足を止める。

苦い表情で眉をよせ、考え込んだ。

「ところで——教室戻った後、俺は男子生徒《あいつら》たちに何て説明すればいいんだ？」

結局。その日は、何かと二人の関係に関して質問してくる男子生徒たちを、「知りません」「存じません」「記憶にございません」と、無能政治家ばりの回答でやり過ごした翔一だった。

◯

日曜日になった。

翔一《しよういち》は指定された朝九時半に、この地域でもそこそこの規模を誇るショッピングセンター『ニオン』の入り口前に来ていた。

三階建ての店舗は、いわゆるモールほどの広さ大きさはないが、食品、衣料品、日用品がそろい、小さいながらフードコートも備えているので、地域の住民はよく利用する。

翔一自身もちょくちょく来たことはあるが、こんな朝早く——店はまだ開いていない——に訪れるのは初めてだ。そして自分以外にも、周りにちらほらと客が見えた。

女性——と、それに連れられた男性が多い。カップル、もしくは夫婦のようだ。女性の方がどこかしらやる気に満ちていて、男性は何かを諦めたような顔をしているのが全員の共通項だった。

と、強い風が吹いた。ざわっ、と殺気が渦巻き、それぞれの組の間に火花を散らす。

(いやいやいや、何の戦争の始まりなんだよ)

異様な雰囲気に翔一が焦っていると、後ろから聞き慣れた声が聞こえてきた。

「翔《しよう》ちゃん、お待たせ!」

「あ、あみる。遅いぞ、こんな早くに人を呼んでおいて、なに遅れてるんだ」

「ごめん、ごめん、いつもよりメイクに時間かけてたから……ほら、綺麗《きれい》でしょ」

そう言って両腕を広げて、くるりと回転してみせるあみる。

が、正直翔一には違いがわからない。格好《かつこう》も前とみた私服と同じ、シャツとデニムのシヨートパンツの組み合わせだ。確かに帽子やブーツなど、前になかったオプションもある。が、それほどの変化と言えるんだろうか。

「……何か違うか？」

「全然違うよ！　チークも濃いめだし、つけまもしてるし、アクセだって多めにつけてるじゃん！　お気に入りの帽子とブーツも出してきたんだよ、ほらほら！」

「うーん、そう言われてもなぁ。かろうじて帽子とブーツはわかるけど……後はよくわからないな」

「もー、せっかくのお出かけだから、張り切ってオシャレしたのに……翔ちゃんのにぶちん。カイショーなし」

「甲斐性《かいしょう》なしはこういう時には使わないと思うぞ!?　それにお出かけってお前、今日はバーゲンで買い物するだけじゃないか」

「うん？　それは……」

あみるが何か言いかけた時。

自動ドアを鍵であけつつ、『ニオン』の店員と思《おぼ》しき若い男が、メガフォンを手に声を張り上げた。

「間もなく『ニオンショッピングセンター』開店します。大特価クリアランスセールは本日一階にて開催となります。どうぞ急がず、落ち着いて……」

「「「突撃ー！」」」

「「「おおおお！」」」

女たちの声が重なって、一同は一気に店の中へなだれ込んだ。男の案内も無視だ。

翔一《しょういち》が唖然《あぜん》としていると、隣であみるがファイトを燃やしながら言った。

「ウチらも続くよ、翔《しょう》ちゃん！」

「あ、ああ」

「突撃～！」

そして二人は店内に入った。

そこは戦場だった——後に鹿島《かしま》翔一は、述懐する。

セールは各店舗から出品しているものが、一カ所にまとまって売られている形式だった。ワゴンやハンガーなどに、日用品が置かれ、服飾品が吊《つる》されている。恐らくセール品をわかりやすく提示するためだろうが、そのために客が一カ所に集まる仕様になっているのだ。

五〇～七〇％オフと堂々と書かれたのぼりの下で、女性たちが押し合いへし合い、時には手で顔を押しのけ、前に出た者の腕を引っ張り、「そこどきなさいよ！」「それ私のよ！」「横から取るな！」と、安売りされている物資の争奪戦を繰り広げている。

正直言って、修羅場だった。

（購買のパン売り場でも、ここまでならないぞ）

翔一はそんなことを考えながら、近くにある休憩スペースに立っていた。近くのベンチには、疲れた顔の男たちが座っている。戦場で活躍している女性たちの連れだろう。女性のパワーに当てられてしんどい気持ちは、翔一にもよくわかった。何しろ戦場にはあみるもいたのである。元からの活発さ、騒々しさに、今は物欲もミックスさせて「これ、ウチのぉ！」と獲物を必死に捕らえんとする姿が見えた。

これじゃ、オシャレも意味無しだな。

というか、俺やることないんだけど。

色々なむなしい思いを胸に納め、近くの自販機でコーヒーを買って、翔一はすすっていた。彼の好物である、砂糖多めのブラックだ。

小一時間待つと、買い物を終えたらしいあみるが紙袋をわんさかと抱えてやってきた。

「やー、買った買った。はい、翔ちゃん」

「ああ」

約束通り、それを手にしてから怪訝《けげん》な表情を浮かべる。

「しかし、こんなに何買ったんだ？」

「あ、中見ないでね。ブラとかパンツとか入ってるから」

「ぶっ」

慌てて袋をおろし、中を見ないよう脇にぶら下げた。まったく、わざわざ内容まで言わなくてもいいのに。

(というか、女の子ってもっとオシャレな店で下着とか買うんじゃないのか。こんなバーゲン品でいいのか)

「ウチはあまりお金ないからね、こういうところで工夫して買わないと」

まるで心を読んだかのように、あみるがつぶやく。顔が赤いところを見ると、ただの言い訳だったのかもしれない。本当は彼女もオシャレな店で購入したいのだろう。

何となく不憫《ふびん》になって、翔一《しょういち》はフォローを入れてやった。

「まぁ、下手《へた》に無駄遣いするよりはいいんじゃないか。経済観念がしっかりしていて」

「え……うん、そうだね。ウチ、しっかりしてる！」

得意そうにうなずくあみる。本音を言うと、バーゲンだからと爆買いする女性に経済観念があるかどうかは疑わしいが、翔一はあえて黙っておいた。

代わりに、紙袋を改めて持ち直して、店の出口方面を向いた。

「それじゃ、そろそろ目的も果たしたし帰るか。これ、お前の家まで運べばいいのか？」

「え、あ、ちょっと待って。もう帰るの？」

「うん？　だって、今日の目的はバーゲンの買い物だろう？」

「そうだけど、それだけじゃないよ」

「え？」

「だって、買い物して終わりじゃ、デートした気にならないじゃん。メアちゃんは荷物持ちでもさせればいいって言ってたけど……ウチはせっかくなんだし、翔《しょう》ちゃんともっと一緒に遊びたいな」

「お、おう……？」

「そういうわけで、遊びに行こ、翔ちゃん！　そのために、オシャレだって頑張ったんだからね！」

あみるはにっこり笑うと、翔一の手を引いた。

翔一は目をぱちくりとさせると、

（え、えっと、それって、つまり……本当に、デートをするのか!?）

思いがけない展開に緊張し、頭が真っ白になる。

彼にとってこれが、人生初のデート体験ではあった。

デートと言っても、そんなに金があるわけでもない二人だ。遠出や、金のかかる遊びは初めから除外しなければならない。

とりあえず、『ニオン』近くの駅前に出向いてみることにした。

この区画は、翔一たちが住む街の中でも、かなり栄えてる方だ。『ニオン』のようなシヨッピングセンターの他に、昔ながらのアーケード商店街、多方面に運行しているバスの停留所、カラオケとダーツとボーリング場が付属してる大型アミューズメントパーク、その他様々な店や施設が点在し、年寄りから若者まで幅広い利用者でにぎわっている。

とりあえず、駅前のコインロッカーに荷物を預けてから、二人は商店街に行って少し早めの昼食を取ることにした。

「で、翔《しょう》ちゃん、お昼何にする？」

「あー、今日はあみるの願いごと聞く日だからな。食べたいもの、あわせるぞ」

「そう？　じゃぁ、ウチあれがいい」

そう言って入ったのは――――。

「おい、これ立ち食いそばの店じゃないか」

「うん、和食は健康にいいしね。立ち食いそば、安いから好き」

「まぁ、食べるのに時間かからないから俺も好きだが……その派手な格好《かっこう》で立ち食いそばって言われると、違和感甚《はなは》だしいな」

休日に、デートで、立ち食いでそばをすするギャルＪＫ。ミスマッチだが、あみるらしいといえばあみるらしいとも言える。

翔一《しょういち》はざるそばを、あみるは天ざるを頼んだ。

「……って、翔ちゃんざるそばだけ？　少なくない？」

「別にいいんだよ。俺は食事には時間をかけない主義なんだ」

「そんなのダメ、食が細いと栄養足りなくってガリガリになります！　ほら、ウチの天ぷら一個あげるね」

「いらない、勝手にそばの上に乗せるな……って、しかも、シソの葉の天ぷらだけ置いてるんじゃねぇよ！　こんなの渡されても、こっちも困るわ！」

「えー、シソの葉は結構栄養あるんだよ。β《ベータ》カロテンとか、ビタミンBとか、カルシウム、カリウムも含んでいて、殺菌作用だってあるんだから」

「そういう問題じゃなくてだな……というかお前、どうして勉強はさっぱりなのに、そういう知識はスラスラ出てくるんだよ」

呆《あき》れながらも、とりあえず腹は満たし、翔一とあみるは店の外に出る。

これからがデートの本番だった。

「さてと、これからどこに行く？」

「そだね、翔ちゃんは行きたいところは？」

「俺……あまりこの辺来ないからな。休日は大体家で過ごしてるし。平日もだけど」

「それって、ただの引きこもり……」

「失礼な、ちゃんと学校には行ってるし買い物もしてる。ただインドア派なだけだ。それよりお前はどうなんだよ？　どうせ、こういうところによく友達と遊びに来てるんだろう」

「そだね、いつもならカラオケとか、買い物とか、その辺だけど――バーゲンで結構お金使っちゃったしなぁ」

「じゃあ、金のかからない遊びだな」

――ということで、結局ウィンドウショッピングに落ち着いた。

ぶらぶらと興味を引いた店を探して、中を見ていくというものだ。翔一《しょういち》にすれば、必要なものを買うのがもっとも合理的な買い物であり、こういう冷やかしは非合理極まりない、すなわち趣味ではないのだが、今回はあみるにあわせようと我慢した。

あみるは結構楽しそうに、百均ショップからドラッグストア、コンビニ、本屋、靴屋、アクセサリーの露天商まで、色々なものを覗《のぞ》いていった。

「ちょっと翔《しょう》ちゃん！　百均でレンジ用の洗剤売ってる！　すごい、綺麗《きれい》に汚れ落ちそう！　あ、でも量少ないからどうかな、まとめて買った方がいいかなぁ」

「あ、今日ここのストア、ポイント三倍だ。風邪薬《かぜぐすり》の買い置き、買っておこうかな……でもまだ残ってるし、どうしよう」

「今回の『イエローページ』、ダイエット料理レシピの特集じゃん。どうしようかな、買っちゃおうかなあ」

「わ、健康スリッパ！　痛気持ち良さそう。ねーねー、翔ちゃん履いてみてよ！　どの辺が痛くなるか知りたいし！」

「すごいよ翔《しょう》ちゃん、磁気ネックレスなんか置いてある！　肩こりに効くんだって！　こういうアクセの店でこんな健康グッズまで置いてるの初めて見た！」

（どうでもいいけど、こいつは視点がいちいち若者らしくないな！）

妙に生活臭漂うというか、ぶっちゃけおばさんくさい。

思い切ってそのことを告げてみると、あみるは頬《ほお》をふくらませて抗議した。

「もー、失礼なんだから。主婦の素質があるって言ってよ」

「それ、嬉《うれ》しいのか？」

「ウチは嬉しいよ。主婦は憧れのお仕事だし！　ずっと家事できるなんて、嬉しいよね」

よくわからない。が、本人が幸せそうに言うことを否定するのも何なので、翔一《しょういち》は「そうか」と相づちを打っておいた。

そのまま、歩きだそうとする。と、背後からあみるの気配が消えた。

「？」

振り返ると、彼女はその場でもじもじと身を縮こまらせていた。

「どうした、トイレか？」

「ウチ、レディだよ!?　そうじゃなくて、あのね、ずっと我慢してたんだけど……ちょっと、足が疲れてきたというか」

「ん？」

「ほら、翔ちゃん足早いじゃん」

「え、そんなことないと思うんだけどな」

「そんなことあるってば。ほら」

そう言って、あみるは歩道の上で一歩足を踏み出してみせてから、ちょいちょいと翔一を招いた。同じようにしてみせろ、とのことらしい。

何が何やらと思いながら、とりあえず従ってみると、その意図がわかった。

「ああ、足の長さか」

「うん。翔ちゃん、少し前まではうちと同じように歩いていたのに、いつの間にかお股の開き方が大きくなったんだもん」

「……変な言い方をするな。ただ単に、お前と比べて歩幅が広いだけだ。身長もお前より高いんだから、当然だろう」

「それなんだよね。前からちょっと思ってたんだけど、翔ちゃん、いつの間にそんなに大きくなったのさ。ずるいよー」

責めるような口調だったが、不思議とその表情は楽しそうだった。

あみるは自分の頭の上から手をのばして、翔一の両目の間に当てた。それだけの差があるということだ。

確かに、小学生の時は、そんなに身長差もなかったような。翔一も何となく感傷にとらわれる。中学三年間の疎遠の時期は、想像以上にお互いを理解の外に置いてしまったようだ。

(そうだな。俺があみるを理解できなくなったように、あみるが俺を理解できないところがあっても、不思議じゃないのか)

何しろ、コーヒー飲んだら驚くぐらいだし――。

「あ、そうか。コーヒー」

「え?」

「いや、えっと……急にコーヒーが飲みたくなってきた。せっかくの外出だし、そこの店にでも行かないか」

そう言って、翔一《しょういち》は軽食を扱ってるファーストフード店を指さす。コーヒーの他に、紅茶も置いてあるから、あみるも利用可能だ。

あみるはちょっと首を傾《かし》げてから、不意に笑顔になってうなずいた。

「うん!」

そのまま上機嫌に翔一の手を取ると、ファーストフード店へと引っ張っていく。

引きずられながら、翔一は内心複雑なものを抱えていた。

(ちょっと、露骨すぎたかな……別に隠すことでもないし、素直に伝えればよかった)

あみるの足を休めるために、わざわざコーヒーが飲みたいなんて言い訳を作った自分を、理解しがたいと感じる翔一だった。

○

店内で翔一はアイスコーヒーを、あみるはアイスティを頼むと、二人席に座ってちびちびとやり出した。同じように休憩目的で来てるのか、店内はドリンクのみを頼んでいる若者たちが多い。

周囲を見回しながら、あみるがどこか浮き浮きした声を出した。

「ウチ、メアちゃんたち以外とこういうところ来るの初めてかな。一人でも来たことないよ。何か、いつもと違って新鮮かな」

「そりゃいい。新しく感性に刺激を受けるのは、脳の発達につながるからな。よし、具体的にどういう刺激を味わったのか、帰ったら作文にまとめてもらおうか」

「翔《しょう》ちゃんのいじわる、勉強の話は今はなしだよぉ」

ぶー、とむくれるあみるを見て、翔一は笑った。

笑いながら、コーヒーを運んできたトレーに目を移す。敷いてある紙製のランチョンマットに、気になる情報が書いてあった。

「ふうん、風水特集か。なかなか渋い情報が書いてあるな」

「風水なら知ってる。何か色とかで運を呼び寄せるやつだよね。興味あるの？」

「ああ、オカルトの範疇《はんちゅう》だからな。色々と調べてるぞ」

「そうなんだ。メアちゃんとかは、こういうのは迷信にすぎないって言ってたけど。翔《しょう》ちゃんは、信じてるの？」

あみるの問いに、翔一《しょういち》は少し考えてから答えた。

「前も言ったと思うけど、信じるとか信じないとかじゃない。自分でちゃんと研究して、納得できるまで答えは出さない方がいいと思う。ただ……」

「ただ？」

「風水に限らず、オカルトは存在しないと決めつける人は多い。俺は、そういう人間にはなりたくないな。決めつけてしまうと、研究する余地もなくなる。存在を疑うなら、『あるはずがない』じゃなく、『あるかもしれない』と疑いたいものだ」

「へぇ。何か、難しいね」

アカデミックな話題に入ったからか、あみるが微妙に眉をよせる。

だが、翔一はすましてコーヒーをすすると、言葉を続けた。

「そんなに難しくもないぞ。たとえば昔の人は、地球の周りを太陽や他の星が回ってる『天動説』を信じて、それを疑いもしなかった。今では常識となっている、太陽の周りを地球が回っているという『地動説』は、当時ではオカルトの範疇だったんだよ」

「あ、そうなんだ。お星さまじゃなくて地球の方が動いてたんだね」

「お前、そこから……まぁ、星と地球、どちらを視点とするかの前提次第で、実はどっちの説も正しいと言えば正しいんだが……ともかく、信じられないものでもありえないと決めつけてしまうのはもったいない。嘘《うそ》くさいと思われているものの中からも、ひょっとしたらすごい大発見ができるかもしれないんだ」

　オカルト話にも、真実が含まれているのかもしれない。乱暴な話、風水だってまだ人間が発見してない科学的な作用があって、幸運を呼び込んでいるかもしれないのだ。

　オカルトに取り組むのに必要なのは、どんな可能性も考え、受け入れる、柔軟な思考。

　翔一はそう思っていた。

　従って──彼はランチョンマットを外して畳み、ポケットにしまった。しごく真面目《まじめ》な顔で、一つ、大きくうなずく。

「これも今度、家に帰って試してみよう。何事も検証だからな」

「うん、翔ちゃんがやるなら、ウチも手伝う！」

　あみるもうなずいて、屈託なく笑った。

　ファーストフード店で少し休んだ後、あみるは元気を取り戻した。

　その後は、またウィンドウショッピングを続ける。時々ゲームセンターでクレーンゲームなどもしたが、基本は色々な店を覗《のぞ》くことが多かった。

それも、生活に関わるような商品や、お得なものばかり。

やがて満足したのか、あみるはうーんと背伸びをすると、楽しげに言った。

「やー、今日は色々と面白いもの見れたよ。お友達と一緒だと、大体皆《みんな》の趣味に合わせるから、コスメとか派手な服とかその辺見ることになるんだよねぇ」

「そういうの、苦手なのか？」

「苦手じゃないよ。それはそれで好きだし。でも、一度、こういう暮らしに役立つのを、じっくり見てみたかったの。思った通り楽しいよ。面白いアイデア商品とか、安売りしてるものとか、つい買いたくなっちゃう」

「やっぱりお前、おばさんくさいな」

「だから、主婦っぽいんだって」

ぶー、と頬《ほお》を膨らませるあみるに、翔一《しょういち》は苦笑しながら「わかった」と言う。

自分としても、ギャル友の間でのみ通じそうな話題よりは、日用品を見てる方がまだついていけるし楽しいとは思っていた。

楽しい？　そう、翔一はいつの間にかデートをエンジョイしてる自分に気が付いていた。

商品を見たり、紅茶を飲んだり、おしゃべりをしたり。色々なことをしながら、表情をめまぐるしく変えるあみるといると、不思議と疲れも緊張も感じない。

（小さい時は、ちょっと物怖《ものお》じしがちで、ここまで感情豊かじゃなかった気がするけど。やっぱり、中学入ってから変わったんだな）

ふと、そんなことを考える。

仮に今の友達に出会い、こういう表情ができるようになったのなら、派手で騒がしくなったのも、まんざら悪くないのかもしれない――本当に、少しだけのまんざらだが。

その後、二人はさすがに見るものもなくなってきて、ぶらぶらと通りを散歩することにした。やがて日が傾き、二人は示し合わすこともなく、自然と駅前へと戻ってきた。

荷物を回収し、家に戻る時間が来たようだ。

何となく惜しい気持ちを抱えながら、翔一はわざと明るい声を上げた。

「あー、何か一日中遊んだのって久しぶりだな。そろそろ終わりにするか」

「うん……」

「今日はまったく勉強しなかったから、明日からまた厳しく指導していくからな。そのつもりでいておけよ」

「そうだね……」

「……？　おい、あみる。聞いてるのか？　あみる？」

気の抜けた生返事しかしないので、怪訝《けげん》になってあみるの方を見てみると、彼女は近くにあった店のショウウィンドウを眺めているところだった。

その視線の先にはマネキンがあり、ゆったりとしたワンピースをまとっていた。純白で、少女漫画のヒロインが着そうなものだ。

でも、派手な服ばかり着てるあみるには似合わない――ここまで考えてから、翔一《しょういち》はふと思い出していた。

『実を言うとね、ウチ本当はこういうカジュアル系より、フェミニンとかガーリーとかの方が似合うんだよ』

『もっとゆったりした服だよ。そっちの方が好きなの』

じゃぁ、これがそのフェミニンとかガーリーとかいう奴《やつ》か。

そんなことを考えながら、翔一はあみるに尋ねた。

「欲しいのか、あれ？」

「うん？　あ、うん、まぁね。欲しいんだけど、値段が」

「どれどれ」

ゼロが多めに並んでるのを見て、やっぱり女の子の服は高いと翔一は思った。たかだか着ているものに、これほどの金をかける気が知れない。

だが、呆《ほう》けたようにそれを見つめるあみるの瞳は、切なく揺れていた。本当に欲しいのだろう。そう考えた時、翔一は思わず言っていた。

「……買ってやろうか？」

「え？」

「あ、いや。ほら、お前にはほぼ毎日世話になってるんだし。勉強教えるぐらいじゃ、お返しにもなってない気もするし。まぁ、軽いお礼ということで」

「そんな、悪いよ！　それに、翔《しょう》ちゃんだって、お小遣いそんなにないでしょ？」

「いや、これぐらいの値段なら、もらってる生活費にちょっと手を出せば大丈夫……」

「それはダメです。ちゃんと生活費は生活で使う。ダメ、絶対、使い込み」

びしっと指をつきつけて言ってくるあみる。本当、こういうところはしっかりしている。

翔一は思わず「そうだな」と苦笑した。

あみるもそれにつられるかのように笑うと言った。

「また、お金ためて買うよ。今日はご縁が無かったということで」

そうは言ったものの、まだ笑顔に無理があるようだった。少しばかり未練がましく、ワンピースの方に視線を引っぱられている。

翔一はしばらく考え込んでから、彼女に尋ねた。

「なぁ、これそのものじゃなくても、こういう感じの服ならいいのか？」

「え、あ、うん。ものによるかな……」

「そうだな、たとえば……こんなのはどうだ」

スマホを取り出すと、アプリを操作した。しばらくスワイプしていたが、やがてあみるに画面を向ける。そこに映っているのは、ショウウィンドウに飾られているものと似ているワンピースだ。

「うん、これならいいかな。でも値段……え、三〇〇〇円？」

「これぐらいなら、俺の小遣いでも手が届くわけだ……注文、と」

「え、ちょっと？　翔《しょう》ちゃん、今何やったの？」

慌てるあみるに、翔一《しょういち》は肩をすくめてみせた。

「今見せたのは、フリーマーケットのアプリだ。売られてる商品も、個人が所有している中古品なんだよ。だから同じようなものでも、ものすごく安く買うことができる。向こうもいらなくなったものを売ってるわけだからな……これぐらい知っておけよ」

「そ、それは便利ですごいけど！　だったら、翔ちゃんが買わなくても、ウチがそのアプリで買ったのに！」

「まぁ、それもそうなんだけど。思わず買ってしまったんだ、しょうがないだろ……おっと、わざわざキャンセルなんかさせるなよ。俺、そういう合理的でないことは好きじゃないからな」

そう言ってから、翔一はあみるの肩に優しく手を置いた。

「それに、さっきも言ったけど俺はお前に助けられてるしな。お前も勉強とかよく頑張ってるし。まぁ、そのお礼と記念ってことで……受け取っておいてくれ」

自分の言葉が少し照れくさくなり、笑ってみせる。

あみるはそれを見て、目を瞬《しばた》いていたが、やがて目をうるませると両手で口元を覆うようにした。

「ありがと、翔ちゃん……ウチ、嬉《うれ》しい……」

「お、おい、嬉しいからって、泣くようなことじゃないだろ」

「だ、だって、うえええ……あ、やだ！　泣いたらメイクが崩れるじゃんっ！　翔ちゃん、なし、なし、見ちゃダメぇ！」

嗚咽《おえつ》が途中から、悲痛な叫びに変わる。何か色々と台無しになった気がして、翔一は思わず苦笑を浮かべた。

それでも。あみるが喜んでくれたんだからよしとするか。

そこまで思考を進めて、ふと慌てて頭《かぶり》を振った。

（いやいや、何を考えてるんだ俺！　本当はここまでサービスしてやる必要ないじゃないか。そもそも、勉強に対する礼としてあいつが世話焼きしてる形なんだぞ。それに対してさらにサービスしてたら、バランスが崩れて合理的でなくなるじゃないか！）

そうは思いながらも、まだ嬉し泣きしているあみるを見ると、そのサービスに後悔などする余地もなくて、翔一は少し困ってしまった。

　翌日、翔一《しょういち》は男子生徒たちに囲まれていた。

「おい、鹿島《かしま》。昨日柚木《ゆのき》さんと一緒にいたんだって？」

「しかも、私服で一緒に歩いていたらしいな」

「さらに、柚木さんを泣かしてるところも目撃されてるぞ」

「「「一体どういうことか説明しろ！」」」

（ああ、やっぱりあんなサービスするんじゃなかった……）

　のらりくらりと追及をかわしつつ、遅まきながら彼は後悔するのだった。

第六話　子守始めました

休み時間に、翔一は広げたノートを見つめて、首を捻《ひね》っていた。

授業の予習復習をしていたわけではない。というか、これは彼のノートではない。

難しい顔で「うーん」とうなっていると、ふとクラスメートが声をかけてきた。

「よう、鹿島。勉強中？」

「何だ、矢島《やじま》。何か用か？」

「だから、八木《やぎ》！　八木健介《けんすけ》！　まぁ、でも、『や』は合ってたから一歩前進だな」

うんうんとうなずく八木は、ふとノートに視線を落として納得顔になった。

「ああ、柚木さんのか。ということは、彼女の勉強について考えごとか」

「まぁな」

「大変そうだな。あの子に勉強教えるの、難しそうだもんな」

八木の声が聞こえてきたのか、クラスの生徒の数人がこちらを見て、同情の目をしてうんうんとうなずいた。

デートの後日、男子生徒たちに問い詰められた翔一《しょういち》は、あみると相談した結果、変に誤解されるよりはと、二人が幼馴染《おさななじみ》であること、勉強を教えていることについては、彼らに説明することにした。

「ただし、毎日料理作ってもらったり、掃除してもらったり、洗濯してもらったり、日常の世話を焼かれてることは秘密な。余計な誤解を招く」

「ウチもそういうの、友達に呆《あき》れられて恥ずかしいから言わないけど、余計な誤解ってなるかな？」

「そりゃもう…………親子みたいに思われるから、俺は恥ずかしいんだ」

「あはは、翔《しょう》ちゃん考えすぎ。でも翔ちゃんがウチの子供かぁ、それもいいかもね」

「よくねぇよ」

本当は関係のたとえに『親子』じゃなくて、『恋人』とか『夫婦』とか当てはめようとした翔一だった。が、そっちの方が恥ずかしいと、途中で正気に戻ったのである。

（まったく、最近の俺は本当にどうかしてるな……）

デートの時のサービスもそうだが、どうもあみるの前では調子を狂わせることが多い。最初に勉強教えろと言われた時は、ただ面倒臭いぐらいにしか感情がわいてなかったはずなのだが。

ともあれ、この説明でクラスメートの大半には「ああ」と納得してもらえた。翔一が成績優秀であること、あみるが成績最低であること、この事実を並べるとすんなり飲み込めたらしい。

中にはそれでも懐疑的に考えている生徒もいたが、ダメ押しに担任教師を引っ張り出してきて事情を説明させたら、渋々認めてくれた。まぁ、これで良しとすべきだろう。

(教室の空き時間で、あみるの勉強についても考えられるようになったのは大きいな)

翔一がそんなことを考えていると、ふと八木《やぎ》が彼の肩を肘でつついた。

「ところでさぁ、柚木《ゆのき》さんにはいつもどうやって勉強教えてるんだ？」

「どうやってって、普通だ。問題を作って解かせて、わからないところから傾向を考えて、対策を練るようにしてるぞ」

「そういうんじゃなくて、ほら、色々あるんだろう？　消しゴム拾った時に手が当たってどきっとしたり、考え込む柚木さんのうなじが見えてドキドキしたり」

「何の話だよ」

翔一は呆れながら、八木は変な漫画かアニメにでも影響されてるなと思った。

こういう奴《やつ》に、毎日世話焼かれてるって言ったら、どういう妄想を寄越《よこ》してくるんだろう。絶対に墓まで秘密は持っていかなければ。

(大体、あみる相手にドキドキしたりなんて、するはずがないだろ)

この前、喜んで泣いた時だって、ぎょっとしたが別にそれだけだ。驚いただけで、新鮮に感じたわけでもない。

そして、これからもきっとそうだ。

翔一《しょういち》はなおも妄想に身をくねらせる八木《やぎ》を無視すると、改めて今日の勉強をどのように教えるか考えるため、ノートに目線を移した。


翔一がノートと格闘しているころ。

柚木《ゆのき》あみるは友人たちとおしゃべりをしていた。

あみるの机の上に座って、友人の一人、全体的にメイクが派手めな少女が口を開く。

「それでさぁ、今度のライブなんだけど。あみるも一緒に行かない？」

「あー、ごめんごめん。ウチはちょっとパス」

「はにゃ？　それって例のお勉強だったりする？　もう、あみるってばすっかり優等生になったよね～」

可愛《かわい》らしく口をとがらせたのは、別の少女だ。両腕にカラフルなブレスレットとシュシュを巻き付け、あみるの隣、本来は違う生徒の椅子に座っている。

あみるはそちらを見て、苦笑を浮かべた。

「あはは、それもあるけどね。ウチ、あまりお金ないし」

「まぁ、そういうことなら仕方ないか。今回はこいつで我慢しとこ」

「ちょっ、仕方ないとか我慢とか、失礼じゃね！　もっと言い方ぁ！」

そう言って、二人で笑い合う。あみるもつられて、楽しそうに笑い声を上げた。

と、今まで黙っていた、傍らに立っている黒髪の少女が動いた。

制服を、派手に着くずしてる少女だった。ややつり上がった目をあみるに向けると、艶《つや》やかな唇を動かす。

「それで、あみる。前に私にデートについて聞いてたのは、あの鹿島《かしま》とデートするためだったの？」

「あ、メアちゃん。うん、そうだけど」

「えー、ウソぉ！　あみる、アレとデートしたん⁉」

「うわ、あんなムッツリそうなガリ勉くん、私だったら金もらっても断るわ」

翔一本人に聞こえていないのをいいことに、友人二人が好き勝手に陰口をたたく。

「何か頭固そうだしさ。わざわざ学校で勉強してるのも、超今風っていうか？　ああいうのに限って、女は家事するものとか決めつけて、威張ってそうだし」

「わかりみ～。そんなダサいこと言われても、あたしからしたら白けるだけだっての」

「ま、もっとダサいのは、そういうの真に受けて家で家事しちゃうようなヤツだけどね。男に媚びてそういうことする女って、ごくたまにいるみたいだけど」

「マ？　本当にそんなのいるの？　それで自分の好きなこともできなかったら、人生の半分以上損してるじゃん！」

「あーうー」

あみるはこっそりうなった。友人たちの見解は、大体これである。家で大人《おとな》しくしてるような女に、価値を見いださないのだ。

（ウチ、家事とか料理とか好きなのに。やっぱりそういうのダサいのかな）

そんなことを思いつつ、内心ため息を吐《つ》いた。

と、翔一《しょういち》のことでフォローを入れておかねばと彼女は思い、弁解がましく言った。

「別に。翔《しょう》ちゃん、そこまで変な人じゃないよ。そりゃ、変わってるところはあるけどさ。あと、ちょっと私生活だらしないし。勉強中も厳しいからすぐ怒鳴ってくるし」

「いやいやいや、それもう地雷物件じゃね！　ぶっちゃけハズレの類いだし！」

「あー、ダメダメ。完全にあたしのタイプじゃないわ。お金どころか土地もらってもデートしたくないかなぁ」

「でも、ちゃんと優しいところもあるってば！　頭も良いしさ！」

あみるが語調を強めると、友人たちはきょとんとした顔で彼女の顔を見つめた。

「なになに、あみる、ひょっとしてあのガリ勉のことすこ？　すこなの？」

「え？　あ、うん。大好きだけど？」

「あー、ダメだよ。この子たぶん、意味わかってないって」

「お子様ですな。でも、そこが可愛《かわい》いんだけど！　あみるはそのピュアなままでいて～」

　そう言って、二人はあみるを抱き抱えて頭をわしゃわしゃと撫《な》で始めた。「髪が崩れる～」とあみるは悲鳴を上げる。

　メアは、それを見て肩をすくめていたが、やがてしゃがみこんであみるに目線を合わせて言った。

「まぁ、あんた見る目はあるし、大丈夫だと思うけどね。けど、勉強一対一で教わってるなら、一応注意した方がいいかしら」

「？　注意？」

「ほら、これあげる。防犯ブザー。何か危険なことがあったら押すのよ」

「うん？　よくわからないけど、ありがとう」

　あみるはブザーを受け取ると、笑顔をメアに向けた。

　メアはそれをじっと見ていたが、やがてその目をすっと細める。

「それと、そろそろだったわよね。あの『結果』」

「…………！」

「どうなの、聞きに行く決心ついた？」

「えっと……その、まだ」

　今までの笑顔がウソのように、あみるの表情が沈み込む。

残った友人二人は、何が何だかよくわからないと、顔を見合わせた。

メアは肩をすくめると、

「ま、無理に行く必要はないかもね。私だって、あんたの立場なら行きたくないだろうし」

「うん……」

「どちらにしろ、まだ時間あるんだし。じっくり考えれば」

そう言い残すと、自分の席に戻った。少女二人も時計を見てから、慌ててならう。

授業開始のチャイムが響いたのは、そのすぐ後だった。

放課後、翔一《しょういち》とあみるの二人は一緒に学校を出た。

帰りに、買いたいものがあるのだという。そろそろ翔一の家の食材が切れたから、それを補充したいらしい。

「いや、ちょっと待てよ。一緒に買い物してるところ、クラスの誰かに見られたらどうするんだ。今度は『勉強のため』じゃ通らないぞ」

「大丈夫だって、翔《しょう》ちゃん頭いいから、何とでもごまかせるっしょ」

「……ノープランな上に人任せかよ」

だが、結局あみるに強引に引っ張られ、翔一も買い物につき合わされることになった。

幸い目的のスーパーまで他の生徒の気配はなく、何事もなく購入は完了する。

帰り道、鹿島《かしま》家まで続く人気《ひとけ》のない住宅街を歩きながら、上機嫌であみるが言った。

「今日は、お刺身のいいのが手に入ったし。これと筑前煮《ちくぜんに》にしようっと」

「毎度毎度、そこまで凝った料理作らなくてもいいんだぞ。何なら、刺身だけでも」

「ダメ、栄養が偏ります。もー、本当に翔ちゃんは、少しは自分が体ガリガリなの意識した方がいいよ。筋肉とか、ほとんどついてないじゃん」

「う、うるさいな……ってこら、気やすく脇腹をつつくな」

つんつんと脇腹をつついて、肉の少なさを示してくる彼女に、翔一は渋い顔をした。

表情とは裏腹に、あまり嫌ではない。白く細い指が自分の体に触れると、何となく温かい気分になってくる。脳裏に、今朝《けさ》の八木《やぎ》の顔と声が蘇《よみがえ》った。

（いや、だから、別にドキドキなんて……でもなぁ）

先日、あみるとはデートまでした仲だ。ひょっとしたら、自分がそんなことを思ってなくても、あみるは自分に何かしらの特別な感情を抱いているのかもしれない。

（もしそうなら……いやいや、そんなことありえない。ありえないんだ）

妄想に走りがちな自分の思考を必死に抑え込む。どうも、今日は調子が悪い。

「どうかしたの、翔ちゃん。具合悪そうだけど」

「いや、何でもない。何でもないから前だけ向いてろ」

何となくまともに顔が見られなくなって、翔一がそんな指示をした、その時。

曲がり角から、一人の小さな男の子が飛び出してきた。

「きゃっ?」

「うわっ?」

どんっ、とその子供とあみるがぶつかった。両者は尻餅をつく。

「お、おい、大丈夫か?」

「う、うん。大丈夫……あれ? こーちゃん?」

「え? ああっ、あみるじゃん!」

あみるを指さして、こーちゃんと呼ばれた男の子は叫んだ。どこか嬉《うれ》しそうな声だ。

が、あみるは呆《あき》れたように、腰に両手を当ててこーちゃんの顔を覗《のぞ》き込《こ》んだ。

「どうしたの、こーちゃん。こんなところに一人で。また保育園抜け出したの?」

「違うよ。今日はお散歩で……」

「ちょっと、こーくん。飛び出したら危ないじゃないの……あら、あみるちゃん」

「どうも久しぶりです、城川《しろかわ》先生!」

男の子の後ろから駆けつけたのは、三〇歳ぐらいの女性だった。こーちゃんと同じ歳《とし》ぐらいの子供たちを、後ろに引き連れている。全員がスモックを着用していて、こーちゃんも同じものをつけていることに翔一《しょういち》は気づいた。

(察するに、保育園の保育士か……でも、何であみると顔見知りっぽいんだ?)

疑問に思っていると、城川女史はふとこちらの方を見て目を丸くした。

「あら、あみるちゃん、そちらの方は？」

「あ、翔《しょう》ちゃんです。翔ちゃん、この人は城川先生だよ。保育園の保育士さん」

「どうも、鹿島《かしま》翔一です」

「まぁ、ご丁寧にどうも」

翔一とお辞儀を交わしてから、ふと悪戯《いたずら》っぽく尋ねる。

「……割とイケてるじゃない。あみるちゃんの彼氏？」

「なっ⁉」

ゴシップが好きらしく、目を輝かせる彼女に、翔一は慌てて否定しようとした。先ほどの思考が蘇《よみがえ》る。もしも、あみるが誤解を生むようなことでも言うとまずい。

だが、あみるが口を開くのが早かった。

「やだなぁ、それは違うよ先生」

「え」

「翔ちゃんはただ単に、ウチの幼馴染《おさななじみ》なの。彼氏とかありえないって！」

「あら、そう……そうなの？」

「……ええ、そうです」

翔一はうなずきながらも、複雑な思いを抱えていた。

ついさっきまで、ドキドキするのどうの悩んでいた自分は何だったんだ。あみるには一切、そのつもりはないんじゃないか。そう考えると、安堵《あんど》と釈然としない気持ちが、彼を襲った。

（結局、こいつとはただの幼馴染《おさななじみ》にすぎないんだ。スキンシップも、兄弟姉妹の感覚みたいなもんなんだろう。それは何も間違っちゃいない……いないんだが、何か、ここまできっぱり否定されると、それはそれで面白くないな）

翔一《しょういち》はそう考えて、嘆息した。自分でも、何で暗澹《あんたん》たる気分でいるのかわからない。

何となくあみるの方を見る。偶然視線が合い、にっこりと微笑《ほほえ》まれた。余計にもやもやとした気持ちが高まり、翔一はそっぽを向いた。

と、そのあみるに、例のこーちゃんが近づき、制服のスカートを引っ張った。

「なぁ、あみる。遊びにきてよ」

「え、今から？」

「あたしも、あたしもあみるおねーちゃんと、遊びたい」

「おれもー！」

わらわらとあみるに群がる園児たち。かなりの人気だ。

あみるは「あはー」と困ったように笑っていたが、やがて翔一の方を見て言った。

「ごめん、翔《しょう》ちゃん。ちょっと寄りたいところあるんだけど」

「あ、ああ……」

何となくこの先の展開がわかって、翔一も仕方なくうなずいた。

○

二人が城川《しろかわ》先生と園児たちに囲まれて向かったのは、翔一の予想通り保育園だった。園児の定員は一二〇名くらいだろうか。自分たちが通っていた幼稚園を思い出し、何となく懐かしい空気を感じながら、翔一は『りす』とプレートのぶら下がった部屋に入った。

早速とばかりに、園児たちがあみるを取り囲んだ。

「おねーちゃん。遊んで、遊んで」

「あ、うん。そうだね。絵本読んであげるね！」

「わーい、ご本、ご本！」

そういって、子供たちははしゃぎながら、あみるの前にわらわらと集まる。甘えん坊な子など、あみるに抱きついていたりした。

「はい、じゃぁ今日はこの本かな。『アフリカ象とインド象』。みんな、象さんは好き？」

「うん、象さん好き！」

「良かった、じゃあ読むね。『戦火うずまくアフガニスタンで、二頭の象がにらみあっていました』……」

子供たちは皆《みんな》、あみるの声にじっと聞き惚《ほ》れている。やはり、彼女はこの保育園でかなりの人気者らしい。その様子を見て、翔一《しょういち》は頭を掻《か》きつつつぶやいた。

「……勉強あるんだけどな」

「ごめんなさいね、子供たちのせいで無理に連れてきてしまって」

「いえ、お構いなく。大丈夫ですから」

翔一はそう返事すると、思い出して質問を加えた。

「あ、冷蔵庫って借りられますか」

買ってきた刺身が傷んではもったいない。幸い、先生はうなずくと、快く調理室に案内してくれた。

大きめの冷蔵庫に買い物袋を入れながら、翔一はふと疑問を口にした。

「あの、あみるはどうしてここの子達《たち》と知り合いなんです？」

「ああ、聞いてないのね。少し前に、こーくん——幸太郎《こうたろう》くんが、いたずらで保育園を脱走したことがあったのよ。」

「脱走？　それって結構まずいんじゃ——」

「ええ、だから必死になって探したわ。すると、あみるちゃんがこーくんを連れてきてくれてね。脱走したはいいけど、迷子になってたこーくんを見かけて、保護してくれたらし

いの」

「へぇ……」

「で、それが縁で、あみるちゃんは時々この保育園に遊びに来てくれるようになったわけ。子供たちに好かれるし、本人も子供たちの世話が好きだって言ってくれてね。他のクラスの子のことも面倒見てくれるようになって。私たちも、お言葉に甘えて彼女に色々頼んじゃってたのよ」

「あいつが、そんなことを」

ふと、子供たちに本を読み聞かせるあみるの顔が、脳裏に浮かんだ。

とても楽しそうで、そして、何より子供たちを慈しむような顔をしていた。

（確かに、あみるは世話が好きだって言ってたけど）

あんな顔を見るのは初めてだなと翔一《しょういち》は思う。自分ではなく、より小さい子供の世話だと、あれほど慈愛に満ちた表情になるのだろうか。

まるで、我が子に接する母親のように。

と、調理室の外から、きゃっきゃっと子供たちの歓声が聞こえる。幸せそうな響きだ。

（まさか、あみるがこんなボランティアみたいなことしてたとはな）

いつもの脳天気で、軽い彼女からは考えにくい趣味な気がして、翔一はしみじみと感心した。

　その時、城川《しろかわ》先生が翔一の肩をつついて尋ねてくる。

「それで、翔一くん。あなた、本当はあみるちゃんとどういう関係なの？」

「え？　いや、だから普通に同級生ですって」

「そう？　でも、あみるちゃんと随分仲よさそうだし、本当は何か関係あるんじゃないの？　いやね、最近あみるちゃん来ないから、私たちも何となく寂しかったのよ。でもほら、彼氏ができて青春謳歌《おうか》してるなら、わからなくもないし」

「は、はぁ」

「だから、最初見た時に翔一くんが彼氏だといいなと思ったんだけどね……本当につき合ってないなら、どう？　あみるちゃんとつき合ってみない？」

「いや、あの……」

　ぐいぐいと来る先生に、翔一は閉口した。この人、相当ゴシップ好きらしい。半分はあみるのためではあるだろうが。

　嘆息しつつ、翔一が反論に口を開きかけた時、ドアが開いてあみるがやってきた。

「城川先生、ちょっといい？」

「あら、どうしたのあみるちゃん」

「それが、この子たちが……」

「あみるちゃんの、おやつ食べたい！」

「あみるねーちゃんのお菓子、おいしいもん！」

「おねがい、先生、作ってもらっていいでしょ？」

あみるの周囲をわちゃわちゃと取り囲み、子供たちが必死にお願いをする。どうやら、あみるにお菓子を作ってほしいようだ。だから、調理室に来たのかと翔一《しょういち》は納得した。

「まぁ、ダメよみんな。おやつはさっき食べたでしょ？　それに、あみるお姉《ねえ》さんにも悪いじゃない」

「あ、ウチは大丈夫。作るぐらい簡単だし、量も調節して少なめにするから。だから城川《しろかわ》先生お願い、作らせてもらえない？」

あみるが両手をあわせて、頼み込む。その足を、園児たちがぎゅっと抱いていた。まるで本当のお母《かあ》さんにしているみたいだと、翔一は思った。

先生は「まぁ、あみるちゃんがいいなら」と承諾をしてくれる。

「やたっ、みんな簡単でいいならお菓子作ってあげられるよ」

「「わーい！」」

「ただ、これだけは約束して。ちゃんとおうちで、お母さんの晩ご飯食べること。いい？」

「「はい！」」

指一本立てて誓いをうながすあみるに、子供たちは手をあげて宣誓した。

その後、あみるは冷蔵庫から先ほどの食材を取り出すと、袋を一つ机の上にのせた。

「お麩《ふ》、買っておいてよかった。翔《しょう》ちゃん、これ使うね」

「いいけど、麩なんか使って何作るんだ？」

「これで、ラスクみたいなお菓子を作るの。サクサクで、甘い味がついたやつ。軽くて、ヘルシーで、美味《おい》しいんだから」

「へぇ、そんなものができるのか」

感心している間に、砂糖やらマーガリンやらを取り出し、あみるはてきぱきと用意を進めていく。

と、子供たちがその周りにわらわらと群がって、「まだぁ？」「すごい、何作るの」と興味津々に覗《のぞ》き込《こ》んできた。ちょっと動きにくそうだ。

「ちょっと、みんな、大人《おとな》しく待ってて……」

「えいっ！」

「きゃあぁ？」

突然、子供の一人があみるのスカートをめくったので、翔一は噴き出しそうになった。

本人はたわいのない悪戯《いたずら》のつもりだったのだろうが、端から見てるのは刺激が強すぎる。

案の定、あみるが涙目で恥ずかしそうに翔一を見てきた。

「……翔ちゃん、見た？」

「あ、えっと……」

下手《へた》に誤魔化《ごまか》してもバレそうだ。翔一《しょういち》は正直かつ誠実に生きることにした。

「白かったな」

「今度のおかず、青椒肉絲《チンジャオロース》の刑にします」

「ちょっと待てよ、とばっちりだろ⁉」

ピーマンはかなり苦手な部類に入る翔一とあみるの周りに集まっている。

その間にも、子供たちはわらわらとあみるの周りに集まっている。

とうとう困り果てて、あみるは翔一にSOSを発した。

「翔《しょう》ちゃん、しばらくこの子たちのお世話お願い」

「俺が⁉」

翔一が驚いている間にも、あみるは子供たちに「このお兄《にい》ちゃんと遊んであげてくれないかな」と子供たちに頼み込む。立場が逆だが、子供たちはうなずいた。あみるお姉《ねえ》ちゃんのお願いならば、というわけだ。

「さ、お部屋で遊んできて。すぐにできるから」

「わかったよ……」

渋々とうなずくと、翔一は子供たちを連れて教室に戻った。

「とはいえ、子供相手に遊ぶなんて何すればいいんだろう」

教室にて。翔一が園児たちを前に悩んでいると、城川《しろかわ》先生が片手を軽く振って笑った。

「そんなに肩肘はらなくていいわよ。こちらでフォローするから、ご本でもお絵かきでも」

「じゃあ、お話しでもしてやるかな。俺の心の師である柳田国男《やなぎたくにお》先生の『遠野物語《とおのものがたり》』より『マヨヒガ《まよいが》』についての話を、当時の風習から自分なりの解釈をふまえつつ……」

「あの、もうちょっとハードル低めでお願い。後、何か目が異様にキラキラしていて怖いんだけど……」

額に冷や汗を流す先生を見て、翔一は頭を掻《か》いた。どうも血が騒いでしまったようだ。

「そうですか。じゃあ……」

教室を見回し、隅に色とりどりの紙が置いてあるのを見つける。

「折り紙なんてどうかな。小さい時にやった記憶があるし」

「あたし、おりがみすき!」

「ぼくも、かえるさん作る!」

「うち、ピアノ作りたい!」

「よし、じゃあ決まりだな……先生、折り紙の本はありますか?」

「はい、今取ってきますね」

先生が教室の後ろにある棚に移動している間に、全員で折り紙を見繕って一枚ずつ取る。

「なに作ろうかなー」「やっこさんがいい」「ばか、やっこさんは一枚じゃできないよ」「はかまいらないもん」などと子供たちが騒いでいるのを見て、翔一《しょういち》は食いつきが悪くないと安堵《あんど》した。

と、その子供たちの輪の外に、一人立ってる男の子を見て眉をよせる。

「えっと、幸太郎《こうたろう》だったっけ？　折り紙しないのか？」

「けっ、そんなガキみたいな遊びできるかよ」

「こーちゃんは外であそぶ方がすきだもんね」

「おうよ、いまのブームはブランコからの飛び降りだ！」

充分、ガキみたいな遊びじゃないか。

というか、脱走のことといい、危険なことが好きだなこの子。

翔一は心の隅に「要注意」と書き留めつつも、幸太郎の腕を引っ張ってみんなのところに連れてきた。

「ちょっ、何すんだよ！　こどもに対してらんぼうだぞ！」

「ガキみたいな遊びが嫌いな奴《やつ》が、子供の特権を振りかざすな。あと、俺は協調性のない奴って好きじゃないんでな。悪いが、子供だろうと容赦はしないぞ」

「お、おーぼー」

「はいはい、それで結構だ。とにかく、何でもいいから折り紙を折れ」

翔一はそう言ってから、すました顔で付け加えた。

「それに折り紙が子供みたいだなんて、学のないやつの台詞《せりふ》だぞ。折り紙はもともと、昔の人が儀式のために作り出したものだからな」

「ぎしき？」

「そうだ。折った紙にな、神様が宿るんだ。そのために神様が宿りやすそうなもの、人の形とかに折られることが多かったんだ。それが発展して、今じゃ色々なものに折られるようになったんだけどな。元々はひな人形みたいなもんだったんだよ」

「おひなさま!?　すごい、おりがみっておひなさまだったんだ！」

女の子が叫んで喜ぶのを見て、幸太郎は毒気を抜かれたように目を丸くした。「儀式」とか「神が宿る」というワードが、子供心をゆさぶったのもあるだろう。

もう一押しだ。翔一は、にやりと笑ってみせる。

「それとも、こーちゃんは折り紙とかは苦手なのかな？　皆《みんな》と同じレベルのものは、作る自信ないと？」

「ば、バカにするない！　おりがみぐらい、ちょちょちょちょいって作ってみせるぜ！　見てろよ、ぜったいにかみさまやどらせるからな！」

そう言って、幸太郎は折り紙と取っ組み始めた。

意外と操作しやすいな。翔一は内心舌を出しながら、他の子の折り紙も見てやる。

大体の子供たちが楽しそうに折っていた。皆、意外と器用で、先生が持ってきた本を見ながら、もしくは記憶を頼りにすいすいと、折り紙を折っていく。

中にはきっちり折るのが苦手で、悪戦苦闘している子もいた。そんな子には、翔一《しょういち》も力を貸してやった。ただし、全部折ってやるのはNGだ。あくまで自分の力で成し遂げなければ意味がないと考える。だから、苦手なところを補助するにとどめた。

「よし、そうだ。そこを折り曲げて……ああ、よくできてる。凄《すご》いぞ」

翔一がそうやって指導していると、後ろから城川《しろかわ》先生が声をかけてきた。

「翔一くん、小さい子に教えるの上手《じょうず》ね」

「え？　あ、そうですか」

「ええ、板に付いてる感じがするわ。保育士に向いてるんじゃないかしら」

「え？　えっと……そんなことないと、思いますけど」

「照れなくていいわよ。子供に接する時はね、ただ可愛《かわい》がるだけじゃダメ。ちゃんとその子のためになることを考えながら、物を教えたりしないといけないの。だから、時には厳しく接する必要もあるの。もちろん、やみくもに怒ってもダメだけどね。そのさじ加減が、翔一くんは上手《うま》くできてると思うわ」

「はぁ」

先生の言葉を聞きながら、翔一はあみるに勉強を教えてた影響かなと思った。あいつはあいつで、でっかい子供みたいなもんだし——本人が聞いたら、怒りそうだが。

と、城川先生がそのあみるの名前を口にする。

「あみるちゃんもね、子供に接するの上手なのよ」

「あいつが……確かに、子供相手だと優しいみたいだけど」

「優しいだけじゃなくて、子供の面倒をきちんと見ようという意気込みに満ちてるからね。中途半端で投げ出さない覚悟？　そういうのを感じる……他人のお世話が、よっぽど好きなのね」

「はぁ……まぁ、本人もそう言っていますが」

「やっぱり。あみるちゃんは、母性が強いのね……将来、いいお母《かあ》さんになると思う」

「お母さん？　あみるが？」

そういえば、そういう未来もありうるのか。

あみるが誰かと結婚し、家庭を築くという可能性を改めて考え、翔一は何だか寂しい気がした。理由はよくわからない。

（まぁ、いいか。俺には関係ないし）

そんなことを考えていると、ふと傍らに誰かが立った。

見れば幸太郎《こうたろう》だ。じっとこちらを見ている。

「何だよ？」

「お前さぁ、しょーいちって言うんだよな」

「ああ」

「お前、あみるのかれしなのか？」

「はぁ？」

突然の問いかけに、翔一《しょういち》は眉をひそめた。こいつもか。

ため息を吐《つ》くと、幸太郎《こうたろう》に手を振ってみせた。

「そんなわけないだろ」

「そうか……ならよかった。おれ、あみるのこと嫁にするから」

「はぁ？」

「だから、あみるに手ぇ出すなよ。わかったか」

そう言うと、てててっ、と机に戻って折り紙を再開した。

翔一は「何なんだ、あいつ」とうめいていると、城川《しろかわ》先生が笑いをこらえながら言った。

「良かったわね、こーくん、あなたを気に入ったみたいよ」

「え？　今、滅茶苦茶《めちゃくちゃ》にらまれたんですけど」

「だって、こーくんはあみるちゃんのこと大好きなんですもの。ライバルの動向も気になるわよ。でも、『よかった』って言ってたでしょ。あなたと張り合わなくて良かったという意味よ。きっと、さっき叱られて、自分と向き合ってくれる人だとわかったのね」

「は、はぁ……」

本当にそうなのか。翔一はよくわからず、首を傾《かし》げた。

城川先生は、そんな彼を見つめると、

「……で、どうなの。本当はつき合ってる事実とかあったりしない？　もしくはつき合おうとか思わない？　それとももう他に彼女いるとか？　教えなさいよ」

「いや、あの……」

きゃいきゃい騒ぎ出す女史に、翔一は困り果てながら、大きくため息を吐いた。

○

あみるが、ラスクもどきの麩《ふ》の焼き菓子を持って現れたのは、翔一たちが折り紙を充分に堪能《たんのう》してからだった。

「さ、できたてで美味《おい》しいよ」

「「わーい」」

「ただし、ちゃんと手を洗ってきて。でないと、食べさせないからね」

「「はーい」」

子供たちは歓声をあげて、あみるの言う通り手を洗ってから、菓子をつまむ。

「あまい、おいしい！」

「あみるねーちゃん、これだけしかないの？」

「もっと食べたいー」

「ダメ、お母《かあ》さんのご飯食べれなくなるよ。また作ってあげるから」

「ほんと？　やくそくだよ！」

「うん、約束」

あみるの言葉に、子供たちは喜びの声を上げた。

そしてしばらく、翔一《しょういち》とあみるで手分けして子供の相手をしてから、園児たちの親がぽつぽつと迎えにくるころ、二人は保育園を辞去した。

幸太郎《こうたろう》が城川《しろかわ》先生と一緒に手を振ってくれる。

「あみる、また来てくれよ！　……しょーいちも、来たかったら来ていいぞ」

「うん、また来る」

「次来るまでには、少しは聞き分けよくなってろよ」

そして二人は、帰路についた。

家で勉強と夕食を終えてから、翔一はあみるを伴って彼女の家に向かった。

前にも自身で言った通り、夜分は危ない。なるべく送るようにしている。

人気《ひとけ》の少ない、歩道すら備わってない道を歩きながら、ふとあみるが満足そうな声をあげた。

「やー、楽しかった。久しぶりに保育園の皆《みんな》に会えてよかったよ」

「楽しかったのはいいが、結局今日はほとんど勉強できなかったな」

「まぁ、たまにはこんな日もあるってことで。勉強ばかりじゃ息つまるじゃん」

「……俺は別にいいんだがな。お前が留年しても、俺には関係ないし」

「えー、その時は翔《しよう》ちゃんの責任になるんじゃない？」

「そんなわけあるか！　自己責任だ、自己責任！」

まぁ、多少は責任感じるかもしれないが。それを少しでも出したらあみるが調子に乗りかねない。翔一はおくびにも出さないことに決め込んだ。

あみるは「冗談、冗談」と笑うと、少し遠い目をして言った。

「でも、仮にこれで留年になっても、後悔はしないかなぁ。あの子たちの笑顔見ると、すごく癒《いや》されるし。お世話できて良かったと思うよ」

その表情には、子供たちへの愛情が満ちていた。それを見ると、翔一も勉強ができなかったことを強くは言えない。

そんな彼の顔を覗《のぞ》き込《こ》むようにして、あみるが付け加える。

「翔ちゃんも、子供たちの相手なかなか上手《じようず》だったよね」

「は？　俺がか？」

「うん。将来いいお父《とう》さんになると思う」

「おう……」

翔一《しよういち》は言葉に詰まった。ちょうど、城川《しろかわ》先生が「あみるちゃんはいいお母《かあ》さんになる」と評していたのを思い出したのだ。

いい母親と、いい父親。並べられると、どうしてもセットで考えてしまう。

（いやいや、何考えてるんだ俺は。こんなのただの偶然じゃないか。それにあみるは……）

何となくあみるを見ていると、ふと楽しそうに手を叩《たた》いた。

「いいお父さんか……そう考えると、ちょっと楽しみかも」

「何が？」

「将来、翔《しよう》ちゃんと結婚する人、どんなかなと思って！　ウチにも絶対紹介して？」

「……まぁ、そうくるだろうな」

「何が？」

「何でもないよ」

あくまでも他人事《ひとごと》で通すあみるに、実際他人のことなんだから仕方ないと思いつつ、翔一は苦笑を浮かべた。

どうして軽く気落ちしているのか、自分でもよくわからなかった。

（ま、色々あって疲れたんだろう。園児の相手なんて初めてのことだったし）

そう納得することにする。

翔一は、長く大きく息を吐くと、止めていた足を改めて踏み出した。その時。

——感覚に、何かが、訴えかけてきた。

後から思えば、聴覚が先だった。静寂を破る、エンジンの音。次いで、背後からの圧倒的な質量を感じる。目の前のあみるは、何やら浮かれていて、気づいた様子がない。

咄嗟《とっさ》の判断で、翔一は自分ごと彼女の体を、道の端に引き寄せた。

「危ないっ！」

「きゃぁっ？」

けたたましいクラクションの音と一緒に、一台の自動車が猛スピードで駆け抜けた。

それまで、あみるがいた空間を遠慮無く通過していく。

間一髪だった。彼女は翔一とともに、道端で縮こまっている。

翔一は恐怖と安堵《あんど》を同時に覚え、大きな声を上げた。

「くそっ、こんな狭い道でスピードを出すな！　警察に訴えるぞ、バカ野郎！」

ひとしきり毒づいてから、翔一はやっと気づいた。

——あみるを引き寄せた自分が、ずっと彼女を抱きしめていることに。

「あ……」

「…………」

胸の中であみるは、硬直したまま翔一《しょういち》を見つめていた。思わず、翔一も彼女の顔を見つめ返してしまう。

頬《ほお》は上気していつもより赤く、瞳は驚いたせいかうるんでいる。呼吸がやけに荒く、翔一の耳に届いた。

密着した体は、とても柔らかくて――ここで彼は、やっと彼女を解放しないといけないことに気づいた。

「わ、悪い！ 大丈夫だったか？」

「うん、大丈夫……ありがと」

ぱっ、と腕をどけると、あみるは、よろよろと翔一から体を離した。

途中で、足をふらつかせる。翔一は慌ててそれを支えようとした。

「ほら、よっぽど怖かったんだろ。いいから、もうちょっと俺に掴《つか》まってろよ」

「ううん、いい、いい。本当に大丈夫」

「でも……」

「心配しないで……ほ、ほら、家もすぐそこだから。ウチ、帰るね！ それじゃ！」

そう言って、てってってっと走っていって、あみるは一瞬転びそうになった。「お、おい」と焦る翔一の目の前で、何とかこらえつつ、振り向きもせず駆けていく。

「何だ、あいつ……」

翔一は呆然《ぼうぜん》とつぶやきつつも、自分の手のひらを何となく見つめた。抱き寄せた肩のぬくもりが、まだそこに残っていた。

あみるはアパートの前まで来ると、やっと歩調をゆるめた。

心臓が高鳴っている。走ったからではなく、その前からずっとだ。

「何だろ、これ……」

呆然とつぶやいた。何だか、胸にぽっかり穴が空いてる気がする。

そっと、自分の肩に手をよせてみた。そこに、何かが残ってる気がした。自分の穴を埋めてくれる何かが。

何もない。ただ、自分を抱き寄せて救ってくれた翔一の顔が忘れられない。それは、彼女を温かい気持ちにさせ、同時に困惑させるのだ。

今まで、こんな気持ちになることはなかったのに。

「あれ……ウチ、どうしたのかな」

あみるは深々と息を吐いた。相変わらず、脳裏から翔一の顔は消えてくれない。

これは、何か、おかしい。いつもの、自分じゃ、ないようだ。

あみるはふと、城川《しろかわ》先生と再会した時の会話を思い出していた。

『あみるちゃんの彼氏？』

そう尋ねられた時、真っ先に否定した。実際、そんなことはありえないと思った。

恋愛なんて、まだよくわからないから。それに、翔一《しょういち》は頼もしくて頭もいい。つき合うとしても、もっと相応《ふさわ》しい、賢くて頼りがいのある女性とつき合うだろう
自分は翔一のことは好きだし、仲の良い友達であると考えている。それでいいじゃないか、とその時は思っていた。

今は、何か違う。

なぜか、その結論に賛同できない自分がいる。

それは、さっき翔一に助けられてから、ずっと――。

「……ううん、違う」

あみるは否定した。

翔一に助けられたのは、きっかけにすぎない。

そのずっと前、幼いころから、自分の中で育ってた何かが、急に殻を突き破ったような感覚を彼女は受けていた。

その感覚の正体が何なのかは、理解できない。

ただ、心が妙にぽかぽかするのと、胃の辺りがきゅーっと縮む感覚が、彼女を困惑に陥《おとしい》れていた。気持ち良いのか、気持ち悪いのか、さっぱりわからない。

「ああ、ダメダメ。しっかりしないと……翔《しょう》ちゃんに迷惑かかっちゃうかも」

そう考えたのは、自分のよくわからない感情が翔一に対してのものだからだ。自分一人で抱え込むならともかく、翔一に気持ちを吐露して困らせることがあるかもしれない。そう本能的に判断し、あみるはそれ以上の思考を放棄した。

思考は放棄しても、相変わらず翔一の面影は脳裏に揺れる。「弱ったなぁ」とあみるは心の中で――しかも言うほど弱ってない声で――つぶやいた。

と、その時。

「あれ？」

携帯の着信音が鳴った。メッセージが届いたらしい。

立ち止まって見ると、メアからだった。

――昼間のこと、あまり気にしないで。

あみるはぴんと来なかったので、「何のこと？」と返した。

すぐに戻ってきた。

――結果のこと。

――もしも、聞かなくても、誰もあみるのこと責めないし。

「…………！」

あみるは、先ほどまでの顔色から一変、青ざめた表情で立ち尽くしていた。

昼間のメアの言葉が、頭をよぎった。

『それと、そろそろだったよね。あの「結果」』

『どうなの、聞きに行く決心ついた？』

メアに「気にしてないよ」と返事を打ちつつも、あみるの唇は固く結ばれていた。

「『結果』かぁ……聞かなくてもいいって……でも、ウチ……」

ある葛藤が渦巻き、激しくあみるを責めた。今にも泣き出してしまいそうだ。

迷惑をかけたくないと思いつつも、こんな時側《そば》に翔一《しょういち》がいてくれればと願ってしまう。

（というか、もしかすると……）

ここであみるは、ふと一つの可能性を思いついた。

──翔《しょう》ちゃんと一緒なら、ひょっとして？

でも、今のあみるには、それを翔一に伝えることがとても気の引ける行為に思えた。

（何でだろう、前なら遠慮なく言えたかもしれないのに……ウチ、やっぱり何か変になっちゃったのかな）

はぁ、とため息を吐《つ》きながら、それでもあみるは足に力をこめて歩き出した。

すぐに止まった。気が付けば、自分の部屋があるアパートの前までたどり着いていたのだ。階段をのぼって、鞄《かばん》から鍵を取り出し、玄関のドアを開ける。

「とりあえず、もう寝よ」

あまりにも色々なことがありすぎて、自分に決められることはそれだけだった。

そして、先ほどとは違う足取りの重さで部屋の中に入る。

暗くて狭い室内に、そっと言葉を投げた。

「ただいま……」

だが、それに返事をする者はおらず、声はむなしく響き渡るのみだった。

第七話　気になり始めました

「おはよー！　翔《しょう》ちゃん、朝だよ！　起きなよ！」

「うーん？」

「今日もいい天気だし！　朝ご飯作るから、しっかり食べてね！」

「あ、うん……」

朝も早くから——とは言ってももう七時だが——けたたましく鳴り響く声に、翔一《しょういち》は眠い目をこすってベッドから起き上がった。

制服の上にエプロンをつけたあみるが、しゃっとカーテンを開きつつ、笑顔でそこに立っている。

「もう少し、寝たいんだけどな……」

「ダメ、しゃんとしなさい。ほら、着替えて、顔洗ってきて」

「わかったよ」

本当にあみるは元気だな。そう思いながら、翔一はパジャマに手をかける。

途中で止まった。そういえばあみるがいるんだった。しかし、ここで脱ぐのをためらうのも違う気がするし、まぁあいつなら気にしないだろう。

と、すそをめくりあげた瞬間、妙な気配を感じた。

あみるの方を見る。先ほどまで喋《しゃべ》りまくっていたのが、急に黙っている。まるで頭がバグったかのように、硬直し、動かずにいた。

「……あみる？」

「え？　あ、えっと……着替えて下りてきてね！」

慌てたように部屋を飛び出し――それから、ゴン、という派手な音がした。壁に頭をぶつけたらしい。大丈夫かと思いつつも、翔一は着替えを続けた。

「それにしても、あいつ、本当に元気がいいな」

最近、いつにもまして活気に溢《あふ》れている気がする。翔一の世話への甲斐甲斐《かいがい》しさも増し、勉強にすらやる気を見せている。

――時々、なぜかさっきみたいにフリーズすることもあるが、それをさっ引《ぴ》いてもなお、絶好調と言って差し支えないだろう。

「何か、いいことでもあったのかね」

翔一はそんなことを考えながら、着替えをすませて部屋を出た。

学校でも、あみるの活力は途切れることを知らなかった。

「それでさぁ、昨日見てたテレビ番組でやってたんだけど！」

「それから、それからね！　ウチはその猫捕まえようとしたんだけど、逃げられてさ！」

「メアちゃん、今日の宿題やってきてない？　写させて！」

今日も友人たちを自分の机の近くに集め、色々な話に花を咲かせている。

あまりのテンションの高さに、友人たちも圧倒されているようだった。

「あみる、今日も超元気だね……」

「うん、そこが可愛《かわい》いんだけど」

「何か、ここ最近、元気すぎるって気もするわね」

黒髪の少女、メアのつぶやきが聞こえた時、翔一《しょういち》はうなずきたくなった。

「元気というか、張り切りすぎなんだよな」

昼休みになってから、その同意を独り言にして吐く。

彼は現在、学食に並んでいるテーブルの一つ、その隅に所在なげに座っていた。

クラスメートの目を盗んだ結果である。食堂に、彼らの姿はない。それを確認してから、自販機で買ったお茶——学食利用の言い訳のために買った——と、弁当を広げた。

弁当の白飯の上には、色々な食材で翔一らしき人物の顔が描かれてた。刻み海苔《のり》で「ガンバレ」の文字も入っている。いわゆる、キャラ弁だ。

「何がガンバレだ、あみるの奴《やつ》……何でいきなり、こんな凝った弁当渡すんだよ」

教室で一度開けた時には、目が飛び出すかと思った。こんなもの級友に見られれば、一体何ごとだと追及を免れない。正直、気恥ずかしいどころじゃ済まないと思われた。

これで勉強をちゃんとしてないなら、堂々と文句も言えるものだが、そっちもハイテンションながらちゃんとしている。翔一の言うことをすべて素直に聞き入れ、以前よりも熱を入れて励んでいた。

おかげで、微妙に苦言を呈しにくい。熱意が苦手意識を緩和してるのか、あみるの成績も順調に上がりつつあるのだ。ハイテンションな世話焼きさえなければ、本当に理想的な姿ではあるのだが。

「まったく、本当にあいつは何考えてるんだ……まぁ、弁当は美味《うま》いけど」

そそくさと弁当をかきこんでいると、ふと、遠くから声がした。

「あ、翔《しょう》ちゃん見っけ！」

「ぐふっ」

飯を喉に詰まらせそうになる。駆け寄ってきたのは、間違いなくあみるだった。

彼女は翔一の向かい側に座ると、手にした魔法瓶とプラスチックのコップを置きつつ、たしなめるように言う。

「もう、びっくりしたよ。いきなりいなくなるし。ウチ、ずっと探してたんだよ」

「ど、どこで食事してようと、俺の勝手だろう……おい、何してるんだ？」

「うん？　お茶の用意だよ。あと、ウチのお弁当。一緒に食べようと思って」

「はぁ？　一緒に？　何で！」

「やだなぁ、ずっと言ってるじゃん。ちゃんとお世話するって。ほら、お茶入ったよ」

「いや、自分で買ったのがあるからいい……」

「ほら、お茶、入ったよ」

にこにことコップを差し出してくるあみるに、翔一《しょういち》は妙な圧を感じてたじたじとなる。

そっと受け取ると、一口すすった。温かくて美味《おい》しい。

「美味《うま》いな」

「でしょ、翔《しょう》ちゃんの好きなほうじ茶だもん……あ、ちょっと、ソースついてる」

ハンカチで、頬《ほお》をごしごしと拭いてきた。

この辺で、翔一は周囲の目線が気になった。幸い、皆《みんな》は自分の食事に気を取られていて、こちらを気にしたふうはない。が、見られるのは時間の問題だ。

（違うクラス経由で、うちのクラスに情報が入ったらお終《しま》いだぞ）

何とか、この場を切り上げないと。

そう悩んでいると、あみるがふと自分の箸で、翔一のおかずを取った。何をするのかと思いきや、それを翔一に突きつけてくる。

「おい、お前まさか……」

「はい、翔ちゃん、あーん……」

「いや待て、いくらなんでもそれは恥ずかしい！　ちょっと度が過ぎて……あれ？」

「……………」

不意に、あみるが固まったので翔一は眉をよせた。

そっ、とおかずを元に戻すと、彼女は納得するようにうなずく。

「うん、やっぱり自分で食べて」

「……いや、いいんだけど、何なんだいきなり」

「だって……その……恥ずかしいじゃん……」

「じゃあ、最初からやろうとするな！」

いきなり始めたり、途中でやめたり、本当何なんだろう。

翔一は怪訝《けげん》に思いながら、一気に食事を進めた。もうこうなったら、周りに気づかれないうちに一刻も早く食べ終わり、教室に戻るしかない。

と、あみるがそれを見て、すねるように口をとがらせた。

「あ、ちょっと。翔ちゃん、早食いはダメだよ。消化に悪いんだからね。それにせっかく作ったご飯なんだから、もうちょっと味わって……」

「誰のせいだと思ってるんだ！」

翔一《しよういち》はついに叫ぶと、あみるを白目でにらむのだった。

○

五時間目の休み時間、あみるは一人、ほう、とため息を吐《つ》いていた。

何となく、翔一の机に目をやる。本人はいない。どこかに出かけたのであろう。

彼女の胸には、昼休み終了時、翔一と交わした会話が揺れていた。

『この際だから言っておくけど、お前ちょっと変だぞ』

『えー、そうかな』

『そうなんだよ。何か無駄にテンション高いし……まぁ、元気なのが悪いとは言わないけどさ。もうちょっと落ち着いてくれよ』

翔一は怒っているというよりは、あみるのテンションと態度に戸惑っているようだった。

そして、それはあみる本人も同じことだった。

「ウチだって、よくわからないし……」

ただ、何となく翔一の世話ができるのが嬉《うれ》しくて、張り切ってしまう。

いや、世話好きなのは前からのことだ。ただ、最近は翔一が相手ということに、すごく喜びを感じてしまうのだ。

かと思えば、途中で恥ずかしくなることがある。前はやろうと思えば簡単にできたと思われる、服を脱がせたり、「あーん」で食べさせたりが、できなくなっていた。

「何でかなぁ、元気は有り余ってるのに、どこかでストップかかっちゃう」

原因があるとするなら、やはり保育園帰りに翔一に助けられたことだろうか。

あれからずっと、自分の中で翔一に対する感情は変化したままだ。ただ、考えても理解できない感情なので、仕方なく放置したままだが。

「うーん、この気持ちは何かよくわからないけど……元気が出てるってことは、きっと悪い気分じゃないよね」

そう自分に言い聞かせると、あみるはぐっと自分を鼓舞するように拳を握り――すぐに、はぁ、とため息を吐いた。悪い気分じゃないはずなのに、何か切ない。

そして、そのため息はもう一つ、別の感情にも結びついていた。

奇《く》しくも、同じ保育園の帰りから、彼女はずっと悩んでいることがある。それも、翔一絡みのことで。

直接、翔一に対して口に出すのは気が引ける。そんな悩みだ。

「ウチ、どうすれば、翔《しょう》ちゃんと――」

今も口に出してみたが、もちろん誰かが答えをくれるわけでもない。

残念ながら、自分で思いつくしかない。しかも、なるべく早く。時間は少なかった。

彼女は、自他共に認めるあまりよろしくない頭で、ぐるぐると思案を始めた。

あみるが頭を猛回転させているころ、翔一《しょういち》は手洗いへと向かっていた。

何となく、クラスメートたちの動向を探る。何かを聞かれた様子はない。昼休みのあみるの接待は、どうやら露呈していないようだ。

だが、これが続けばバレるのは時間の問題だ。その前に、あみるの暴走ともいうべき過剰な世話焼きを何とかしなければ。

「いっそ、勉強の時間を短縮するか?」

現在、ポイント制で、あみるとは世話焼きの量と勉強の量を釣り合わせている。翔一が勉強時間を縮めれば、あみるの世話を拒否する建前にはなるだろう。

いや、ダメだ。翔一は首を振った。それで勉強の手を抜いてたら、あみるのためにならない。自分は担任に言われて、彼女の成績をどうにかしようと奮闘しているのだから。自ら手を抜くなど、言語道断だ。

(大体、あいつ最近勉強にも集中してるから、ポイントはすっかり差がついてしまってるんだよな……)

あみるのポイントが六七P。翔一のポイントは九六P。明らかに、勉強の量の方が多い。これではどれだけ手を緩めても、あみるから世話焼きの口実を奪うことは無理だろう。

それに、と翔一は心の中で付け加えた。どうもあみるの言動の裏には、自分に対して隠していることがあるような気がする。それを誤魔化《ごまか》すために、過剰な世話焼きをしているのではないか。そう思うのだ。

それがわかれば、あみるを諫《いさ》めることもできるかもしれないが――しかし、それが何なのか、とんと見当が付かない。

「やっぱり、本人に直接訊《き》くべきか……」

そんなことを考えつつ、用を足し終わってすっきりとしてから、教室に戻ろうとした。

その時。

「ちょっといいかしら」

「……ん？」

男子トイレの前で、女の子に呼びかけられて驚いた。そこで待ち構えられていたことにも原因はあるが、その声の主が知っている人物だったからである。

「えっと、お前確か……あみるの友達の、何とかメアとか」

「そうよ、鹿島《かしま》翔一くん。こうやって直《じか》に話すのは、初めてね」

黒髪の少女、メアはそう告げると、少し眉をよせてつぶやいた。

「それにしても、同じクラスなんだから、ちゃんとフルネームぐらい覚えてもいいんじゃないかしら。しかも、同じ中学出身よ、私ら」

「あ、そうだっけ。悪い、今度からちゃんと覚える。えっと……」

「……内藤《ないとう》。内藤メア」

「なるほど、内藤……ん？」

ないとうメア？

目で尋ねる翔一《しょういち》に、メアは少し顔を赤くしてうなった。

「そうよ、名前はナイトメアをもじってつけられたのよ。言っておくけど私がつけたんじゃないから。文句なら、うちのバカ親に言ってよね」

「あ、そうだな。名前は自分でつけられないもんな、うん」

いや、そうではなくて。

翔一は改めて、自分が常々彼女に対して誓っていたことを思い出した。

「というか、お前！　あみるに散々いらんこと吹き込みやがって！　おかげでこっちがどれだけ苦労してるか……」

「何、突然キレてるのよ……それに、私は自分の思ったことをあの子に伝えてるだけよ。どの情報を選択して身につけるかは、あの子の自由じゃない？」

「それはそうかもしれないが、しかし、そもそも選択肢を与えたのはお前じゃないか」

「まぁ、その議論に関してはまた今度しましょう……それよりも、さっきも言った通り、今はあなたに用があるんだけど」

そういえば、そのために彼女は男子トイレの前に待機していたわけだ。

翔一《しょういち》は渋々、彼女を連れて本棟と特別棟をつなぐ渡り廊下へと場所を移した。

「それで、話って何だ？」

「あみるのことよ。あの子、最近変じゃない？　妙に元気がいいというか……」

「ああ、俺もそれで悩まされてたところだ」

「ふぅん。それで、あの子がああなった理由、あなた知らないの？」

「知ってたら、悩んでるはずないだろ？　とっくに解決してる」

「それもそうね……じゃぁ、やっぱりあの子に直接訊《き》かないとダメか」

細いあごに指を当てながら、メアはうなずいた。

どうやら、本当にあみるのことが心配で、翔一に聞きに来たらしい。あみるが懐いてるぐらいだし、かなりの友達思いなのかもしれない。

(だからって、あみるに余計なことを吹き込んだ評価は変えないけどな)

翔一が胸中で決めつけた時、ふとメアは彼の方を見た。

「念のため訊くけど、あの子に勉強教えてる時に、変なことしてないわね？」

「変なことって？」

「そりゃ、セクハラとか、パワハラとか」

「俺を何だと思ってるんだ！　……というか、そんなもの受けたら普通へこむだろ。あみるが元気になってる理由につながらない」

翔一は合理的な説明をつけたと思ったが、メアは意味ありげに目線をそらした。

「そうね、本当に元気ならそういうことなんだろうけど」

「どういう意味だよ？」

「あの子の場合、空元気《からげんき》の可能性もあるからね。何しろあの子は、私たちと違って繊細なところあるから」

「は？　繊細？　あみるが？」

あんなにノリが軽くて、元気いっぱいで、余計なことしかしない女が繊細？

「ウソだろ、全然そんな風には見えないぞ。少なくとも、キラキラネームぐらいでへこんでるお前の方が繊細に見えるけど」

「……一応、褒め言葉として受け取っておくわ」

痛そうにこめかみを押さえてから、メアはふと廊下の窓を見つめた。外には大木の枝がせり出してるのが見える。

「でも、あみるが本当は繊細な子なのは本当。あなた、幼馴染《おさななじみ》ならわかるでしょ」

「えっと……確かに、昔のあいつは、引っ込み思案で気弱だったかもしれないけど。でもそれは昔の話であって、今のあいつは違うと思うけどな」

「人間、そんな簡単に変わったりしない。今のあみるは、私に誘われてあんな感じになってるけど……根本的なところが変わるわけでもないのよ」

「………」

「とにかく、あの子に気をつけてあげて。癪《しゃく》だけど、あの子はあなたのこと気に入っているみたいだから」

「そんなこと言われても……」

今一、ぴんとこない。

翔一《しょういち》がそう言いかけた、その時。

「メア！　やっと、見つけた！」

女子生徒の一人が、血相を変えて飛び込んできた。翔一にも覚えがある、あみるといつも話してる娘《こ》だ。

彼女は息を切らしながら、目を瞬《まばた》かせるメアに告げた。

「あみるが、あみるが倒れたの！」

「「え!?」」

「今、保健室にいるから！　行こ！」

「ええ、わかったわ……」

メアはちらりと翔一を見た。

言うまでもない。翔一はすでに、保健室めがけて走り出していた。

○

「……って、何なんだよ知恵熱って」

翔一はぶつくさと言いながら、まだ少し日の高い住宅街を歩いていた。

後ろから、「あはー」と申し訳なさそうな愛想笑いが聞こえる。

「ごめんね、ウチも考え事してるだけで、熱出るとは思わなかった」

「一応言っておくとな、知恵熱ってのは小さな子供が出すものなんだ。高校生が出すはずないんだよ。まぁ、お前の場合は貧血も併発してるらしいけど」

「ふぅん」

「ふぅん、じゃない。貧血するぐらい疲れるなら、俺の世話なんて休んでくれてよかったんだぞ。それで勉強が遅れたら、本末転倒じゃないか」

「大丈夫大丈夫、お世話はウチの生きがいだしね。おあずけされたら、それこそストレスで倒れちゃうし」

「……そういう理屈をひねり出すのには、知恵が回るんだな」

翔一は深々と息を吐いたが、背中に、柔らかさと温かさを感じるせいで、それほど不快でもなかった。彼は、あみるを負《お》ぶっていたのである。

保健室に直行した彼とあみるの友人たちは、養護教諭に「症状は知恵熱ね」と言われて面食らった後、「一応親に迎えに来てもらって早引きしないと」と告げられた。

が、あみるが言うには、彼女の母親は今は家にいないらしい。なので、翔一《しょういち》が家に連れて帰ることになった。幸い、次の授業はＬＨＲ《ロングホームルーム》なので、休んでもあまり差し支えない。

「ごめんね、翔《しょう》ちゃん。付き添ってもらうだけじゃなくて、おんぶまでしてもらって。ウチ、重くない？」

「……大丈夫だ、軽い」

本当はあみる＋あみるが持つ自分とあみるの鞄《かばん》の重さで、結構な荷重ではあったが、翔一は根性で足を動かした。病人に気を遣わせても始まらない。

「翔ちゃん……」

と、あみるはぎゅっと翔一の首筋に顔をすり寄せるようにして言った。

「何だ？」

「翔ちゃん、本当に優しいよね……ウチ、翔ちゃんのこと好きだよ」

「はいはい、わかってますよ」

いつも言われてるので、もう慣れてしまった。これが単なる幼馴染《おさななじみ》としての発言であり、それ以上の意味がないことも知っている。翔一は軽く肩をすくめた。

この時、あみるが複雑そうな顔をしたことを、彼は知らない。声が上擦《うわず》ってるのも、熱のせいだと思ってた。

やがて、柚木《ゆのき》家にたどり着くと、彼はあみるを降ろした。腕がしびれて、ほとんど感覚がないが、これも我慢してあげてふらつくあみるを支えると、

「鍵は？」

「あ、ここ」

鞄から鍵を取り出させて解錠し、中に入った。

――ふと。小さい時の記憶が、フィードバックする。

あみるの家、そのダイニング。小さいが、色々と生活感のあるものに囲まれている。

コンロ付きの台所、テーブル、そしてパートから帰ってきた彼女の母親。料理のために材料を切り、笑顔であみるを、そして遊びに来た翔一を迎える。

今は、そのどれもが、影の薄さを露呈していた。手入れはしているのだろう、埃《ほこり》を被《かぶ》ったりなどはしていない。ただ、台所以外は頻繁に使われた形跡もない――気がする。

違和感が、翔一を包みつつあった。

「なぁ、これって……」

口を開く前に、あみるは自分の部屋へと向かった。ここは昔とそう変わらなかった。勉強机と本棚などがあり、壁には収納式のドレッサー、窓際にはベッドが置いてある。

あみるはそのベッドに腰掛けて、笑顔で翔一に言った。

「ありがと、翔《しょう》ちゃん。もう大丈夫だから……帰っていいよ」

「え？」

「今日は、本当にありがとうね。助かっちゃった」

だが、翔一《しょういち》はあみるの笑顔に不自然さを感じた。

気のせいだろうか、無理に何かを押し込めているような気がする。指は髪をいじり、くるくると巻きつけて遊んでいるが、笑顔はどこかぎこちないようにも見えた。

ふと、メアの言葉が蘇《よみがえ》った。

——あの子の場合、空元気《からげんき》の可能性もあるからね。

——何しろあの子は、私たちと違って繊細なところあるから。

翔一は気が付くと、あみるの隣に腰掛けていた。

「翔ちゃん……？」

「お前さ、何か悩んでることあるんだろう？」

「え？　ど、どうして、そう思うの？」

「脳天気なお前が、知恵熱出すほど考え事してたんだ。しかも、誰にも何も言わないで。何か悩んでるって考える方が自然だろ」

「それは……その。別に、何も、悩んでないよ」

「それだ、それ」

「？」

「さっきからお前、髪を指に巻いてるだろ。それ、昔からお前が何か言いたくて、でも言えない時にしてるクセじゃないか。おばさんに誕生日プレゼントねだる時も、よくそういう仕草してただろ」

その言葉に、あみるは「はわっ」と髪から手を離す。だが、もう遅い。

翔一はあみるの肩に手を置いて、真剣な目で彼女を見た。

「話せよ、話せる範囲でいいからさ。また一人で考えて倒れられでもしたら、こっちの夢見が悪いじゃないか」

「で、でも……」

「それとも、俺には相談できないか？　俺じゃ頼りないっていうなら……」

「違うよ！　てか、翔ちゃんじゃないと相談できないことだし！」

あみるは大声を上げ、はっ、と口を両手で押さえた。

翔一はより怪訝《けげん》な顔になって、あみるの顔を覗《のぞ》き込《こ》んだ。

「俺にしか相談できないこと？　何だよ、それ」

「え、えっと……」

彼女はそれから、視線をさまよわせていたが、やがて観念したように目を閉じると、意を決したように翔一に詰め寄った。

「あ、あのね、翔《しょう》ちゃん。ウチ……どうしても行かないといけないところがあるの」

「行かないといけないところ？」

「うん。そこで、やらないといけないことがあって……でもね、すっごく怖いの。行くだけでも怖いんだよ……」

「怖い……？」

子供じゃあるまいし、行くだけで怖いところなんてあるんだろうか。

しかし、あみるの表情は真剣だ。思い詰めたように、翔一《しょういち》の方を見ている。

「だから、翔ちゃん。お願い、そこに一緒に来てくれないかな？」

「え……？」

「翔ちゃんと一緒なら、ウチも行ける気がするの。どんなに怖くても、翔ちゃんが側《そば》にいれば安心できる気がするし」

「……ひょっとして、お前。それを俺にどうやって頼めばいいのか、悩んでたのか？」

「だって、ウチ、翔ちゃんに色々と頼んでるし。勉強も、この間のご褒美も、幼稚園のことも……だから、これ以上頼むのは悪いかなって」

あみるの言葉に、翔一は内心あきれ果てた。

あまりにも、水くさくて。彼は立ち上がり——あみるの額を指で弾《はじ》いた。

「あいたっ？」

「本当にバカだな、お前は。そこまで色々と頼んでるのに、何を今さら躊躇《ちゅうちょ》してるんだ」

「で、でも……」

「いいか、頼まれて迷惑なら、俺だって拒否する。だけど、頼まれてもないうちから、お前の願いを聞けるかどうかなんてわかるわけないだろ。そういう時は一回言ってみろ。悩んでるだけじゃ意志は他人に伝わらないんだ」

「う、うん」

「で、よくわからないけど、どこかについてこいって言うんだろ。ついていってやるよ」

「……本当？」

「それでお前が勉強できるコンディションに戻れるなら、それは勉強を任された俺の仕事でもあるしな。そんなに難しい話でもなさそうだし……つき合うよ」

「ありがとう、翔ちゃん！　ウチ、嬉《うれ》しい」

顔をぱぁっと輝かせて、あみるが笑った。

その声と口調は、騒がしい最近の彼女特有のものだった。

それなのに。

（――あれ？）

翔一は、目をこすった。

確かに目の前の彼女が、小さい時の彼女と重なって見えたのだ。

人見知りで、何かと言えば自分の後を、おずおずとついてきた少女に。

「目が疲れてるのかな……」

「ん？　どうしたの？」

「いや、何でもない。とにかくお前は体を休めろ。どこに出かけるにしても、熱が下がってからだからな」

「うん。翔《しょう》ちゃん、うん」

もう一度笑みを浮かべ、あみるはうなずいた。

数分後、あみるは寝間着に着替え——もちろん翔一《しょういち》は部屋を出ていた——ベッドに横たわった。その間に翔一は少し失礼して家捜《やさが》しをし、置き薬の解熱剤を見つけ、あみるに飲ませてやった。

「うん、楽になったかも」

すっかり落ち着いた彼女を見て、翔一は少しおかしくなる。

「しかし、お前も意外と心配性なんだな」

「何が？」

「だって、俺がお前の願い聞いてくれるか悩んでいて、それで空元気《からげんき》になって過剰に世話焼いてたんだろ。心配でテンション上がるなんて、子供みたいじゃないか」

「え、えええっ？　全然違うよ？　それは確かに心配だったけど、それとは別に翔ちゃんのお世話を力いっぱいしようと思ったし、これからもするよ!?」

「え!?　何でそうなるんだよ！　というか空元気じゃないなら、どうしてそもそも急に世話焼きに力入れようと思ったんだ？」

「んー、ウチにもよくわからないかも」

笑って答えるあみるに、翔一は「何だそりゃ」と思った。

（まぁ、空元気とかよりはよっぽどいいか）

いや、良くない。これじゃあみるの世話焼きはヒートアップの一途をたどってしまう。

「あのな、あみる。気合い入るのはいいことだし、気持ちは嬉《うれ》しいんだが……世話はほどほどにしてくれ」

「えー、どうして？」

「その、えっと……ほら、あまり張り切りすぎると、お前に負担がかかるだろう。勉強にも支障が生じる。だから、控えてほしいんだ」

本当は周りから見られると恥ずかしいからだけどな。

翔一はこっそり思ったが、そのことを告げること自体が何だか恥ずかしくて、口には出さないでおく。

あみるは口を尖《とが》らせて、考え込んでいたが、

「むー。わかった、ほどほどにする」

そう言ってうなずいた。まったくわかってないような口調で、若干不安だ。

だが、これでしばらくは、少なくともキャラ弁を寄越《よこ》したりはしないだろう。後は、彼女のお願いを聞いてやるだけだ。彼は立ち上がり、一度柚木《ゆのき》家を辞去することにした。

と、肝心なことを訊《き》いてないことに気づき、急いで尋ねた。

「それで、あみる」

「ん？」

「結局、出かけるってどこなんだ？　俺はどこについていけばいい？」

その言葉に、あみるは少しの間黙った。やがてゆっくり口を開くと。

「……病院」

「病院？」

「うん、病院」

翔一《しょういち》の目を真《ま》っ直《す》ぐに見て、付け加えた。

「病院について来て欲しいの……お母《かあ》さんの、お見舞いに」

第八話 お見舞い始めました

快速列車に一時間近く揺られるのは、割とない体験だなと翔一は思った。

片道、一〇〇〇円近い電車賃を払うのも。金額の問題ではなく、それだけ遠くの場所に移動するということだ。

学校が終わってすぐ、翔一とあみるは、そんな小旅行へと向かっていた。

目的地は、あみるが翔一についてきてほしいと言った病院だ。彼女が復調したので、すぐに行こうという話になったのである。

「隣の県の、大きな病院なんだよ」

四人が向かい合わせに座る、いわゆるボックス席で、あみるは改めて説明した。

「何かの大学の付属病院？　とかいうので、そこにお母さん入院しているの」

「へぇ、何か本格的だな……というか、おばさん入院してたのか。初めて知ったぞ」

翔一も、同じようなことを言った気がしたが、もう一度感想を口にする。

開いた口に、みかんが放り込まれた。

「やー。隠してるつもりはなかったんだけど、別に言うこともないかなーって」

「もぐもぐ……いや、でも……むぐむぐ……小さいころは、色々と世話になったこともあるし……んぐっ……教えてくれたって……」

「はい、お茶」

「ごくっ……ところでな、あみる」

「ん？　何？」

「何で、さっきから俺の口にみかんやらお菓子やら放り込んでくるんだ」

翔一《しょういち》は呆《あき》れ果てて、隣に座るあみるを見た。

だが、あみるは悪びれたふうもなく、翔一に答える。

「えっと、お世話？」

「こんなとこでまでしなくていい！　というか、ボックス席だから向かい側に座ればいいだろ、なんで隣なんだよ？」

「だって、向かい側からみかん食べさせるの難しいじゃん」

「だから、させなくていいって！」

翔一は少し語気を強めながら、みかんをもう一個むこうとするあみるの手を止めた。というか、いくつみかん持ってきてるんだこいつは。

学校からの直行で、制服姿のあみるは、髪も化粧もいつも通りだった。チークの下の頬《ほお》

を、ぷくーとふくらませ、渋々みかんをしまう。腕と一緒に動く胸元が妙に艶《なま》めかしい。

(何か、周りからすごく見られてる気がする)

翔一《しょういち》は他の乗客からの目線を感じ、ため息を吐《つ》いた。

電車に乗ってから、あみるはずっとこんな調子である。世話焼きを控えめにすると宣言したのは、何だったのか。

だが、翔一はなるべくあみるの好きにさせておいた。いつもの元気な彼女に見えるが、時折表情に緊張の色が隠せていないのは、彼も気づいていたのだ。

そもそも、目的地が隣県の大学付属の病院というのが、物々しい。

普通入院なら、よっぽどのことがない限り家の近所で済ませられる。それができないということは、あみるの母親の病気に、何かがあるのだろう。

(まさか、おばさんの病気、かなり重いんじゃ……)

そう考えると、翔一の胸にも重い何かが降りてくるようだった。

あみるの母親には、翔一も小さいころかなり世話になっていた。両親がそろって家に不在な時は、あみるの家に預けられたことも少なくない。そんな時、あみるの母親はいつも決まって、優しい笑顔で彼を迎えてくれた。

その彼女が、重病――かどうかはしらないが、とにかく入院している。翔一としては、これはショックが大きい。

――実の娘なら、もっと辛《つら》い現実だろう。

（この間の知恵熱の時は、空元気《からげんき》じゃないって言ってたけど、案外今回は本当に空元気かもしれないな）

翔一はそんなことを考えながら、あみるの様子を盗み見する。

と、目線があった。向こうもこちらのことを見ていたようだ。顔色をうかがっていたことがバレたようで――。

「やん、翔《しょう》ちゃんえっち」

「はい？」

「今、こっそり胸見てたでしょ。本当に男の子ってこれ好きだねぇ」

「誤解だ、そっちは見てない！　というか、公共の交通機関でとんでもないこと言うな！」

苦笑するあみるに、怒髪天を衝《つ》く。

周囲の乗客の目線が、好奇から怪訝《けげん》に変わるのを感じながら、「やっぱりこいつ、緊張とかしてないのでは」と考える翔一だった。

駅で電車を降りた後、徒歩一五分ほどで目的の病院にたどり着いた。

「案外栄えてるんだな」

翔一は周囲を見渡して言った。医科大学付属病院の周辺は、色々な店やオフィスビルが立ち並び、夕方ということもあって人でごった返している。何となく田舎《いなか》の保養所みたいなものを想像していたので、肩すかしを食らった感じだ。

それというのも。

「何だよ、あみる。場所がよくわからないって言うから、てっきり山奥とかわかりにくいところにあるかと思ったら、大きな国道一本で来れたじゃないか」

「あれー。前に一人で来た時は、本当に道に迷ったんだよ。三ヶ月《かげつ》ぐらい前だったかな」

「別に小さい時の話でもないだろ。お前、方向音痴なんじゃないか」

首をかしげるあみるにツッコミを入れてから、翔一《しょういち》はあることに気づいて眉を寄せる。

「ん？　じゃあお前、三ヶ月もおばさんの見舞いに来てないのか？」

「うん、そだよ」

「そだよ、じゃないだろ。娘が三ヶ月も来ないなんて、おばさん気の毒じゃないか！」

「あはは……何だか、怖くてねー」

あみるはそう言って笑うと、病院を見上げた。

敷地内に、複数の病棟が並んでいる。外来病棟と入院病棟、それ以外にもいくつかに別れているようだ。

それらを見てから、ふと翔一を見ると、病院に隣接した大学を指さして言った。

「隣ってお医者さんの学校でしょ。ほら、あの、死体とかかいぼーしてそうじゃん？」

「それは授業の一環でやってるかもしれないけど……えっ、怖いってそのせいなのか？」

「でも、翔《しょう》ちゃんならゾンビとか出てきても、オカルト詳しいから追い払ってくれそう」

「そして俺に来てほしかったって、そういう理由なのか？」

翔一は呆《あき》れ果てて、腰に手を当てた。

「まったく、そんなので怖がるなんて、粗悪なホラー映画の見過ぎだろう」

「あはは、そうかな……」

「そうだ。いいか、ゾンビというのは本来土葬された死体を用いて作られるんだ。しかも元はブードゥー教をルーツとする土着信仰から成り立っているものだから、ほぼ無信教の日本じゃそうそう作られない。可能性があるなら、本場の司祭――ボコと呼ばれるが――これが日本に渡った場合だが、しかしその状況においても死体をつなぎ合わせるという面倒くさい処理を行わないといけないから、死体解剖のもので作るはずが……」

「あ、ごめん。何かごめん。とにかく入ろう、翔ちゃん」

あみるは翔一の講釈を遮《さえぎ》ると、敷地内に足を踏み出し――ふと彼の手を握った。

翔一は驚いた。いきなり握られたのもそうだが、手のひらがしっとりと濡《ぬ》れている。手汗だ。表情もいつの間にか、硬いものになっていた。足も止まっている。

「あみる？」

「え、あ、うん。行かないとね」

そう言って、やっと歩き出す。

――やっぱりあみる、緊張してるんだな。

翔一《しょういち》は確信した。電車内でのはしゃぎっぷりも、やはり空元気《からげんき》だったのだ。なら、あみるは何に緊張しているのか。久しぶりに会う母親に対してだろうか。だが、三ヶ月《かげつ》ぶりの再会で、そんなに緊張するものなのかと翔一は思った。

(そもそも、何であみるは、三ヶ月もおばさんと会わなかったんだ。まさか、本当にゾンビを恐れていたわけじゃないだろうし……)

翔一は疑いながらも答えは出ず、握った手はそのまま、あみると一緒に歩いて行った。

入院病棟で、あみるの指示するままに部屋へと向かう。

八人の大部屋だった。その奥の方に、ロングヘアーの女性が一人ベッドに座っている。

ベッドのプレートには、『柚木唯《ゆのきゆい》』と書かれていた。

あみるは、何か言いかけて、そして躊躇《ちゅうちょ》し、結局駆け出した。

「お母《かあ》さん!」

「あら、あみる。よく来てくれたわね、嬉《うれ》しいわ」

近寄る娘に対し、あみるの母――柚木唯は、にっこりと笑った。

娘に似ていて、翔一のよく知る、とても穏やかな笑みだった。

○

あみるはベッドに座る母親に近づくと、所在なさげに手を宙に彷徨《さまよ》わせていたが、やがて枕元にある棚のタオルを手に取った。

「こ、これ、汚れてるね。洗濯しようか？」

「いいわ、まだ使えるから」

「そう？　じゃあ、喉渇いてない？　何か飲み物でも……」

「いいから、気を遣わなくて。それより、あなたこそ元気してる？　ちゃんと食べてるの？　学校サボったりしてない？」

「う、うん……」

そして、あみるは息を一つ吐《つ》くと突然、がばっと頭を下げた。

「お母《かあ》さん、ごめん！　ごめんね、その、ずっと来れなくて！　三ケ月《かげつ》も！」

「まぁ、謝ることなんてないのに。あなたはあなたの生活があるんだから、むしろ私が謝らないとね。高校入りたてなのに、不自由させてごめんね」

「う、ううん、大丈夫、ウチしっかりしてるから！　それに、翔《しょう》ちゃんも色々と助けてくれてるし！」

渋々だけどな、と心中で付け加えてると、ふと唯《ゆい》がこちらを見てきた。

「そうなのね。翔ちゃん、ありがとう。あみるの面倒見てくれて。それと……久しぶりに会えて嬉《うれ》しいわ。元気してた？」

「あ、はい、ご無沙汰しています……あの、俺がここに来ることは知ってたんですか？　あまり驚いてないみたいですけど」

「ええ、あみるに事前に連絡受けてたからね。でも、あなたを連れてくるって聞いた時は驚いたのよ。一時期、まったく家に来なくなったもの。しかも、今また色々とあみるを助けてくれてるんですって？　もうこの子に愛想尽かしてたのかと思ってたのに……」

そう言ってから、唯はほうっと息を吐いて、残念そうに手を頬《ほお》に当てたじろじろと舐《な》めるように、あみるの派手な学生服姿を見つめる。

「正直、愛想尽かされても仕方ないと思ってたのよ。あみる、こんなちゃらちゃらした格《かっ》好《こう》で学校通うようになったもの。お母さん、悲しいわ」

「ちょっ、何言ってるのお母さん！　これぐらい、みんなやってるよ！　メアちゃんも、ゆっこも、りーちゃんも、友達は全員やってるの！」

「友達がやってるからって、あなたまでやることないじゃないの。そもそも、学校は勉強する場所です。それらしい格好していれば充分なのよ」

「ダメだって、仲間外れにされるじゃん！」

不意に勃発した親子《おやこ》喧嘩《げんか》だが、両者慣れてるらしく険悪な空気にはならない。

翔一《しょういち》はむしろ、あみるがここまで母親に口答えできるようになったのに驚いていた。小さい時は、親にさえあまりはっきり物が言えなかったのだ。そう考えると、彼女がこういう騒がしい性格になったのは、少しは意義のあることなのかもしれない。

（いや、デメリットの方が大きいか。何しろ……）

ふと考えてると、唯《ゆい》が尋ねてきた。

「ねぇ、翔《しょう》ちゃんもそう思うわよね？」

「え、すみません、聞いてませんでした。何ですか？」

「だから、あみるって派手好きになってから、ちょっとおバカになったと思わない？」

「……正直、今それを考えてました」

「ちょっ、お母《かあ》さんも翔ちゃんもひどくない⁉」

「ひどいのはあなたの成績じゃない。中学の時、テストの点数で何回泣かされたか……それで、今も翔ちゃんのお世話になってるんでしょ？　どうせ、テストの点数が悪くて留年確実とか言われてるんじゃないの」

ぐぅの音《ね》も出ないあみるだった。翔一は「鋭い」と苦笑する。

「本当、派手に遊ぶのはいいけど、せめて勉強はちゃんとしてほしかったわ。これじゃ、翔ちゃんに迷惑かけっぱなしじゃないの」

「あうあう」

「ああ、でも。一応俺もあみるには世話になってます。家のこと色々と手伝ってくれてるんで……正直、助かってますよ」

「本当？　なら良いけど……翔ちゃん、ちょっと顔見せて」

そして、唯はふと手をのばすと、翔一の顔にそっと触れた。

「うん、顔色はいいみたいね。ちゃんと食事も取れてるみたい。これがあみるの世話の成果なら、我が娘ながらいい仕事してるわね」

「当然。ちゃんと料理も作ってるし、掃除も洗濯もしてるからね。あ、お母さんから預かってる、ぬか床の漬け物もちゃんと出してるよ」

「OK。えらいわ、あみる。よくできました」

そう言って唯はここで初めて、慈愛に満ちた顔であみるの髪をなでた。あみるはうっとりと、目を細める。とても嬉《うれ》しそうで、先ほどまでののしりあっていた親子とは思えない。

そもそも、さっきの喧嘩《けんか》もじゃれ合いみたいなものだろう。あみると唯は、ちゃんと互いを大切に思ってる。翔一にはそれがわかった。

いや、小さいころからわかっていたことだ――この二人を一番近くで見ていたのは、本人たちを除けば自分なのだから。

（でも、どうしてあみるはそんなに大切なおばさんを三ヶ月《かげつ》も放置したんだ……？）

先ほどの疑問が、再び首をもたげた、その時。

大部屋の扉を開いて、女性の看護師が一人入ってきた。

「失礼します。昨日連絡いただいた、柚木《ゆのき》あみるさん——柚木唯《ゆい》さんの娘さんですね？」

「あ、はい」

「先生がお話があるそうです。こちらへ来てください」

「はい……えっと」

ちらっと翔一《しょういち》を見た。連れて行くかどうか悩んだのだろう。

先に、看護師の方に釘《くぎ》を刺された。

「申し訳ありませんが、ご家族以外の方はご遠慮ください」

「わかりました。翔《しょう》ちゃん、ちょっと行ってくるよ」

「あ、ああ」

翔一はうなずいたが、不安が胸に渦巻いていた。

あみるの顔が、今までにないほど緊張しているように見えたからだ。

(何だ、話って……どんな話だ？)

だが、それを尋ねる前に。あみるは看護師と共に部屋を出て行ってしまった。

あみるが去った後、翔一は急に落ち着かなくなってきた。

唯と二人きりになったからだ。間が持てないので何か話したいのだが、久しぶりで、何を話せばいいかわからない。

（あみるが間に立ってくれてると、話しやすいんだけどな）

内心ぼやきながら、とりあえず声をかけた。

「あの……」

「ん？　何かしら」

「えっと……生活の方、大丈夫なんですか」

つい、そんな言葉が出た。

本当は、病気について聞きたかったのだが、何となくはばかられて途中で切り替えた結果だ。実際、こっちの方も気になってたことだし。

唯はくすくす微笑《ほほえ》みながら、翔一の言葉をフォローしてくれた。

「ひょっとして、我が家の家計について心配してくれてる？」

「ええ、まぁ……おばさん働けないし、あみるもバイトとかしてる気配ないし」

「うふふ、ありがとう。大丈夫よ。夫の親類の人たちから援助受けてるから。あの人、意外と裕福な家系に生まれてるの。だから、生活に関しては心配しなくていいわ」

そう告げてから、唯は意味ありげに翔一を見た。

「援助してくれてるのは、親戚筋だけじゃないけどね。何も聞いてない？」

「え、どういうことです？」

「あなたのお母《かあ》さんからも、援助してもらってるのよ。今回の入院のぶん」

「え⁉」

「私とあなたのお母さん、高校からの同級生だから。ずっと仲が良いの。だからあの子も、あなたを私に預けたりしてたんだけど、入院してからそのお礼だって言って、色々と費用を出してくれたの」

「知らなかった……いえ、おばさんと母さんが友人なのは知ってましたけど、入院費用を出してたなんて。本当ですか？」

「ええ」

「それって、母さんはおばさんの入院のことを知ってたってことで……何だよ、俺に教えてくれてもいいのに。俺だって、おばさんには相当世話になったんだから」

「ふふ、気を遣ったのよ。昔ならともかく、あみるを避けてた翔《しょう》ちゃんに余計なこと教えなくてもいいって思ったんでしょう」

「そう、かな……」

単にいい加減なだけじゃないかと翔一《しょういち》は思ったが、あえて黙っておく。

そんな翔一を、唯《ゆい》はじっと見つめていたが、やがて宙に視線を移してからつぶやいた。

「でも良かった、翔ちゃんがまた、あみると一緒にいてくれて。お金の部分もそうだけど、生活で色々と苦労かけてたらどうしようかと、ちょっと心配だったのよ。でも、しっかり者の翔ちゃんと一緒なら、おばさん本当に安心できるわ」

「い、いえ、俺なんか……そんな大したことできませんよ」

「でも小さいころは、翔ちゃんがあみるをよく引っ張っていてくれたじゃない。覚えてる？　ほら、二人が小学校の一年生の時にそっちの別荘で……」

「あ、はい」

夏休み、家族ぐるみで付き合いのあった鹿島《かしま》家と柚木《ゆのき》家は、鹿島家が所有する山の上の別荘に――贅沢《ぜいたく》にもそんなものを持ってる――遊びに行ったことがあった。

小さくもしっかりした造りで、何よりすぐ近くに雑木林があり、昆虫がいたり花畑があったりとなかなかの景観だった。

そこにふらっと入り込んだのが、あみるだった。花畑があると知って、居ても立っても居られなくなったらしい。当時は、大人《おとな》しいが子供相応の溌剌《はつらつ》さは持つ彼女だった。翔一を連れて、夢中で林を探検した。

『しょうちゃん、あっち、あっち。かぶとむし、捕まえて』

『へいへい』

ところが、ここで道に迷ったのである。あみるが先へ先へと行くのを、止めることができなかった翔一にも責任があるが、ともかく気が付いたら二人は帰り道を見失っていた。

林道はいくつかに分かれている。どれが正解の道かわからない。

『どうしよう、しょうちゃん……』

泣きそうになるあみるに、しかし翔一《しょういち》は落ち着いて答えた。

『心配ないよ、まかせろって』

大人《おとな》の会話から、この林が別荘の南に位置するのは知っていた。後は、北を探るだけだが、これは当時得ていた知識で、切り株の年輪や、むしているコケの具合から、どちらが北か探り当てた。

後は道に枝で印をつけ、戻っても大丈夫なようにしながら、北に向かう道を調べていったのである。おかげで二人は無事に生還できた。

大人たちは翔一の機転に感心し、褒めてくれた。このころから翔一は、勉強は大切だなと身に染みるようになったのである。

「とは言っても、ちゃちい雑木林でしたし、結局大人が探しに来たらすぐに見つけたと思いますけどね。というか、聞きかじりの知識で道を探り当てようとした自分も自分で、今思えば相当無謀だったと後悔してますよ」

「そんなことないわ、大したものだったわよ。それに、このおかげであみるはあなたに信頼を置くようになったんだから。やっぱり頼りになることに間違いないわ」

確かに、それからあみるは頻繁に「翔《しょう》ちゃん翔ちゃん」と後をついて回るようになった気がする。小学生までの話だが。

しかし、今のあみるは——。

「正直、よくわからないんです。今のあみるのこと」

「あら、どうして？」

「だって、昔のように後について歩いていたあいつじゃない。あのころの大人しいあみるじゃないんです。明るくて、性格も軽くて、周りの友人みたいにくだらないおしゃべりが好きで……本当、理解しにくいことばかりしてるっていうか、無駄が多いっていうか」

そうつぶやいていると、ふと唯《ゆい》が手をのばした。

こん、と軽いグーで翔一の頭を叩《たた》く。翔一が目を瞬《まばた》かせる前で、指を一本立てた。

「翔ちゃん、一つ訂正」

「え？」

「生きてる上で、くだらないことや無駄なことなんて何一つないわ。周りからすれば意味のないことでも、それはその人にとっては大切なことかもしれないわよ」

「それは、でも……」

「それに、あみるはあみるよ。昔とは違うけど、昔と同じところもあるの。それは私が保証する。あの子の母親である、私がね」

唯はそう言って微笑《ほほえ》むと、不意に表情を引き締めた。

「だから翔ちゃん——あの子のこと、どうかよろしくお願いします」

「えっ、あ、はい！」

いきなり深々と頭を下げてきたので、翔一《しょういち》は慌てて何度もうなずいた。

そんな改まらなくてもいいのに。そう胸中でつぶやいていると、扉がまた開かれた。

よく見知った少女が、とぼとぼと入ってくる。

「あ、あみる。先生の話終わったのか？」

「……うん」

あみるはうなずいたが、どこか上の空のようだった。

そのまま、ゆっくりと唯《ゆい》の方を見る。

唯は首を傾《かし》げていたが、ふと微笑を浮かべて彼女に告げた。

「あみる、もう遅いわ。今日のところはもう帰りなさい」

「お母《かあ》さん、でも」

「その代わり、またお見舞いに来てね。あ、そうだ。お母さん久しぶりにプリン食べたいわ。次に来る時持ってきてくれる？」

「う、うん」

その言葉に、やっと笑うと、あみるはそのまま扉へと引き返した。

「あ、おい。あみる、待てよ」

翔一は慌ててその後を追いかける。

笑顔を取り戻したとはいえ、あみるの様子は少し変だ。先生に何か言われたのだろうか。

ちょっと気になって、廊下で尋ねた。

「なぁ、あみる。何かあったのか？」

「ううん、何もなかったんだよ」

あみるが少し明るい声で言ったので、翔一はほっとし、彼女の返答が質問と多少食い違ってることに気づいていなかった。

そのまま二人は病棟の出口近くまで向かい――。

「あっ」

「どうした？」

「翔《しょう》ちゃん、ごめん。病室に鞄《かばん》忘れちゃった。取りに戻ってくる！」

「何やってるんだよ……わかった、待ってるから」

あみるは急ぎ足で踵《きびす》を返した。

翔一は彼女を待っている間、手持ちぶさたで周囲を見渡した。とは言っても、今はあまり人もいないし、廊下を看護師たちが歩き回る以外は、特に目立つものもない。

遠くにはテレビ付きのロビーもあるが、もうすぐしまるからか人も少なくがらんとしている。番組も特に興味なかった。

「何か、暇だな」

早くあみるが帰ってこないものか。そう考えていると。

「柚木《ゆのき》さんの娘さん、説明受けたんですって？」

（え？）

近くで聞き覚えのある名字が聞こえたので、翔一《しょういち》は思わずそちらを見た。

見ると、二人の看護師が並んでおり、ワゴンの上に器具を置いている。回診の準備だろう。そのうち一人は、先ほどあみるを呼びに来た女性だった。

その女性が、声をひそめてつぶやく。

「ええ、期待に添えなくて残念だったわ」

「あの薬がうまく働いていれば、お母《かあ》さんの病気もかなり改善されたのにね」

「仕方ないわよ、あの薬の効果には個人差があるもの。絶対に効くという保証はないわ」

「だけど、娘さんかわいそうすぎない？　あの年齢で……お母さんがあんな難病にかかるなんて」

（難病？　おばさんが？）

翔一は慌ててさらに耳をすませたが、看護師二人の言葉は専門用語が多く、結局唯《ゆい》がかかっている病気が何なのかは理解できなかった。

だが、どうやらかなりの重病で、そう簡単に治るようなものではないらしい。

三ヶ月《かげつ》も入院しているのだから、それなりに重い病気であることは覚悟していたが——

愕然《がくぜん》と翔一が聞いていると、看護師たちはさらに表情を沈痛なものにし、声量を落とした。

「でも本当、どうにかならないのかしらねぇ」

「ええ、本人も、娘さんも気の毒だわ。母一人子一人の家庭なのに」

「そうね。ここのままだと――――柚木さんの余命も、あと一年あるかないか、よね」

「……!?」


その言葉に、翔一は思わず叫びそうになった。

――今、何と言った？

何かの聞き間違いか、それとも違う誰かの話題じゃないだろうか。翔一はそれを問いただしたくなって、看護師たちの方を向こうとした。

と、そこに。息を切らして、鞄《かばん》を手にしたあみるが戻ってくる。

「お待たせ……あれ、翔《しょう》ちゃん、どうしたの？」

「いや、その。何でもないんだ。行こうか」

翔一はそう言うと、確認はあきらめ、あみると病棟を出ることにした。

しかし、胸の内では未《いま》だに心臓がいやな音を立てて高鳴っていた。手のひらにじんわり汗がにじみ、喉が渇くのを感じる。

（あみるは知ってるのか、このことを……）

自分の母親の余命が、あと一年ないかもしれないことを。

だが、そのことを問おうにも、どう話を切り出していいかわからない。そもそも、自分にそんな質問する資格などあるだろうか。

翔一《しょういち》はあれこれ悩んだものの、答えなど出るはずもなく、ただ黙りこくることしかできなかった。

第九話
お泊まり始めました

帰りの電車内では、あみるの口数も少なくなっていた。

ぼんやりと窓の外を見ている。行きしなのように、翔一に積極的に世話を焼いたりしない。相変わらず、翔一の隣はキープし、時々たわいもないおしゃべりもするが。

その表情が疲れているように、翔一には見えた。

（あみる、やっぱり知ってるんだな）

唯《ゆい》の余命のことを。だとしたら——。

ふと、あみるが彼の腕を引っ張って、こう告げた。

「ねぇ、翔《しょう》ちゃん。今日の晩ご飯は何がいいかな？」

「え？　何言ってるんだ、今日ぐらい……」

言いかけて、翔一は気づいた。

あみるが、少しぎこちない笑みを浮かべていることに。

翔一に心配かけたくないと思ってるのだろう。いつも通りの行動を、というわけだ。

（それに世話焼きは、こいつの生きがいだっけ。だったら、ちょっとぐらいはさせた方がいいのか）

そう考えて、返答に修正を施すことにした。

「あのな、あみる。少し頼みがあるんだ」

「頼み？」

「ああ……お前にばかり世話焼かれるのも、何か癪《しゃく》だしな。たまには俺も料理を作ってみたい。自分でもできるっていうのを証明したいんだよ」

「え……翔《しょう》ちゃんが作るの？」

「そんな不安そうな顔するなよ。とは言っても、俺も初体験だし、正直作れるか不安だ。だから……一緒に作ってくれないか？」

その言葉に、あみるは、ぱぁっ、と表情を輝かせた。

すぐに、笑顔でうなずく。

「うん！　任せてよ、翔ちゃんにばっちりお料理仕込んであげる！」

その仕草から、翔一《しょういち》は自分の選択肢が間違ってなかったようで、ほっと息を吐《つ》いた。

「じゃあ、初心者の翔ちゃんのためにも、今日は簡単にチャーハンにしよう」

「えっ、そんなのでいいのか？　もっと凝った奴《やつ》でも……」

「ダメです。いい？　一品ずつ料理をちゃんと作れるようになるのが、上達の早道なの。いきなりあれやこれや手を出しても、上手《うま》くなりません。料理をなめるな〜」

帰宅後、鹿島《かしま》家にて。

えっへんと胸を張りながら——少し調子に乗ってる——あみるはエプロンをつけつつ、翔一にも着用をすすめた。二人できちんと手を洗って、材料を探り出す。

「チャーハンって結構、奥が深いんだよ。特に、卵をごはんにまぶすようにするのに技術がいるの。本当は、まず卵をフライパンに割り入れて、その後具、ご飯と素早く投入、全部が絡まるように炒《いた》めるんだけど——翔ちゃんには難しいよね」

「あ、ああ」

「なので、順番を変更します」

そう言いながら、冷凍していた白飯を解凍。その間に、翔一にネギを刻むように指示をした。翔一は四苦八苦しながら、ろくに使ったことのない包丁を動かしていく。

「あ、そんなに大きさ合わせなくても大丈夫だからね。チャーハンの具材だから、そこまで凝らなくても」

「いや、こういうのはきっちりそろってないと、何か気が済まない」

「やん。翔ちゃんってば、凝り性〜」

あみるは笑いながら、翔一がネギを刻み終えたタイミングで、ボウルと卵を渡し、解きほぐすように指示した。

そして、解凍された白飯を、溶き卵に入れてまぜるように告げる。

「え、ここで入れるのか？」

「順番変えるって言ったじゃん。これやっておくと、ご飯に卵をまぶした状態で炒《いた》められるから便利なの。ついでに、調味料も入れておこうね」

塩、コショウ、醤油《しょうゆ》などを入れさせる。後はツナ缶を取り出し、ツナとネギ、それに先ほどの卵かけご飯もどきを、強火のフライパンで一気に炒めさせた。

「はい、完成。ツナチャーハンのできあがり！」

「え、これでいいのか……早いな」

「やってみれば簡単でしょ？　料理なんて、面倒くさがらずにやれば、誰でもできるんだから」

「あ、ああ。でも晩飯がチャーハンだけってのも、ちょっと足りなくないか？」

「そう言うと思って、翔《しょう》ちゃんがチャーハン作ってる間に、野菜炒めの材料切っておいたから。ちょっと待ってね、今作るよ」

「……いつの間に」

隣を見ると、確かにキャベツや人参《にんじん》、豚こまといった材料が切られていた。あみるはそれを手際よく炒め、味付けしていく。こうして実際に料理をしてみると、彼女の手腕がどれほど優れているのか、身に染みる翔一《しょういち》だった。

「お前、結構凄《すご》いことやってたんだな」

「慣れだよ、慣れ。さ、ご飯にしよ」

一時間はかかるんじゃないかと覚悟していた翔一だが、実際は三〇分とかからなかった。

「いただきます」の後、自作のチャーハンを口にして、驚きの声を上げる。

「普通にうまい……これ、本当に俺が作ったのか。信じられないな」

「そりゃね。レシピ通りに作れば、ちゃんと美味《おい》しいご飯はできるんだよ」

「ううむ。そうか、そう考えると料理って合理的なものなんだな」

「うん？　うん、そう。ごーりてき、ごーりてき」

間違いなくわかってない口調で、あみるは何度もうなずいた。

そしてふと、翔一の顔を見て苦笑を浮かべる。

「やだ、翔ちゃん。ごはんつぶついてる」

「え、どこ？」

「ほら、ここ」

そう言って翔一の頬《ほお》から飯粒を取ると――ぱくっと口に入れた。

「お米一粒でも大事にしないとね……あれ、翔ちゃんどうしたの、顔赤くして」

「い、いや、何でも無い」

今、とんでもなく恥ずかしいことをされた気がするのだが、あみるは気づいていないのだろうか。

それとも――。

(まだちょっと、空元気《からげんき》なところがあるのかな)

だから、自分のテンションと行動に気づいてないのかもしれない。

翔一《しょういち》は野菜炒《いた》めをかみしめつつ、少し不安な気持ちであみるの顔を見つめていた。

食事が終わった後一休みしてから、翔一は解散を告げた。

「今日はもう、勉強はいい。俺も見舞いにつき合うので疲れたしな。また今度にしよう」

「う、うん」

あみるはなぜか、浮かない顔で玄関口に立った。

靴をはいて、翔一に告げる。

「じゃあ、翔《しょう》ちゃん。お休み」

「ああ、お休み」

だが。あみるは一歩も動かない。

やがて彼女は、再度翔一の方を振り返ると、少し小さな声で告げた。

「あのね、翔ちゃん」

「何だ？」

「その……良かったら、今日泊めてくれないかな」

○

リビングのソファの上で、翔一は落ち着かない気分でいた。

何となく膝を抱えて、うずくまってみたりする。テレビもつけてみたが、まったく内容が頭に入ってこない。

耳がいやでも、扉の向こう側の廊下、さらにその奥にある浴室に集中してしまう。

そこでは今、あみるがシャワーを浴びているのである。水流の音が、こちらまで聞こえそうで、翔一は慌てて首を振った。

「いや、いかん、何を考えてるんだ俺は」

つぶやくと、テレビの音量を気持ち大きめにした。

あみるの申し出、つまり鹿島《かしま》家に泊まりたいという旨《むね》を、彼は承知した。

いつもなら「バカなこと言ってないでさっさと帰れ」と追い返す。親もいない家に、年頃の男女だけで宿泊など、問題も甚《はなは》だしい。

だが、それを拒否しなかったのは、あみるの顔が本当に寂しそうだったからだ。いや、実際に寂しいのだろう。彼女が帰る家には、今誰もいない。

(そう、誰もいないんだ。おばさんも……)

そのことを思うと、拒否なんてとてもできなかった。

(でもまさか、明日学校に行くからシャワーを使わせてって言うなんて——いや、想像すればわかることだったな)

自分の想像力の欠如を、翔一《しょういち》は恨んだ。

しかも、あみるの着替えは——そのことに思考が及んだ時、リビングの扉を開けて明るい声の主が飛び込んできた。

「ふぅ、気持良かった。お風呂いただいたよ、翔《しょう》ちゃん」

「あ、ああ……」

「何、ぼーっと見て……あっ、ウチ今化粧落としてるから顔とか変⁉ どうしよう、ちょっとメイクしてくれば良かったかも！」

「い、いや、そこは別に。むしろ、言われないと普段とどう違うかあまりわからないぐらいだし……ただ」

翔一はむしろ、あみるの顔より下に目を向けていた。

彼女のブラウスと下着は、現在洗濯している。なので、あみるが身につけているものは、翔一が貸した学校用のシャツ一枚だった。

小柄なあみるだからできることだが、そのシャツで太もも近くまで体を覆ってる。かろうじて、隠すべき場所は何とか隠している。だが、本当にきわどい。

と、あみるは自分の体が凝視されてると悟って、苦笑してみせた。

「あまり見ないでよ、今ノーブラでノーパンなんだから」

「だから、そういうことを一々言うな……そもそも、ジャージの下貸そうかって言ったぞ」

「えー、それ直《じか》にはいていいの？」

「……よくありません」

もう何をどう答えればいいかわからず、翔一はテレビに視線を戻した。こうなったら、極力あみるを見ないようにするしかない。

こともあろうに、あみるは翔一の隣に座ると、一緒にテレビを見始めた。お笑い番組を見て、笑い転げながら足をぱたぱたと上下させる。心臓に悪い。

翔一はチャンネルを切り替えた。

「あっ、翔ちゃんひどい。今面白いところだったのに！」

「いいから、こっち見ようぜ。ほらUMA《ユーマ》特集やってる」

「あー、翔ちゃんならこっち選んでも仕方ないね。いいよ」

あみるは納得したように苦笑し、二人は新たな番組に集中する。

数十分後、翔一がすわった目でつぶやいた。

「何だ、このいい加減な番組は。ビッグフットが原始人の生き残りだって？　それはあくまで仮説の一つだ、断定していいものじゃない。それにチュパカブラが目撃多数？　確かに報告は多いし、オカルトは存在を信じることも大切だ。だけど断定してしまうのも避けないといけない。そこは『見たと思われる』と報じるべきだろう」

「……翔《しょう》ちゃんって時々めんどくさいね」

「めんどくさくて結構！　これは俺のこだわりだからな！」

「あはは、開き直ってる。うん、逆に格好《かっこ》いいかも」

そう言って、あみるはくすくすと笑った。

そしてしばらく笑ってから、翔一《しょういち》の肩をつつく。

「ふー、笑いすぎて喉渇いた。翔ちゃん、紅茶欲しいな」

「ああ、そうだな。俺が淹《い》れてくる」

立ち上がる翔一に、思い出したように声を投げかけてきた。

「あ、どうしよう。そういえば宿題やってないよ」

「まぁ、いいんじゃないか。後で俺の写させてやるよ」

そんなことを繰り返し、夜の九時近くまで二人はのんびり過ごした。

翔一は、あみるがいつもの調子を取り戻しているようなのでほっとしていた。

しかし、それは油断だった。

「ねぇ、翔ちゃん」

時計が九時半を指したころ、ふと、あみるが口を開く。

翔一はダイニングで二杯目の紅茶を淹れているところだった。

「何だ？」

何となしに、返事をする。またお茶菓子でもつけてくれとか言うのだろうか。

すると、あみるはしばらく黙ってから、やがてこう切り出した。

「あのさ、翔ちゃんは知ってるんだよね？」

「何を？」

「……お母《かあ》さんが、後一年も生きられないの」

「…………！」

思わず、ティーバッグを落としそうになった。

電気ケトルが、シューシューと音を立てているのが、やけに遠くに聞こえる。

ゆっくり首を動かし、あみるの方に目を向けた。ここからは後ろ姿しか見えないが、どこか落ち着いて泰然としていた。

翔一は深呼吸すると、改めて紅茶を淹れ直し、リビングに運ぶ。

「何なんだ、それ。大げさだな、また冗談で俺をからかってるのか？」

しらばっくれてみせたが、あみるは寂しそうに笑って紅茶を受け取った。

「いいよ、知らないふりしなくても。翔《しょう》ちゃんがわかってるの、ウチわかってるから……あ、紅茶ありがとう」

「どういたしまして……いつ、気づいたんだ？」

「うん、割とさっきから」

腹をくくった翔一《しょういち》に、あみるはティーカップを両手で持ちながら答える。

「翔ちゃんが自分からご飯作るって言った時から、もうこれは何か変だなって思ったんだよ……だって、翔ちゃんがそんなこと言い出すの初めてじゃん」

「あ、ああ……そうだっけ」

「そうだよ。それに、泊めてって言った時、翔ちゃん特に断らなかったよね。いつもなら、『冗談じゃない』とか『ていさい？が悪いから帰れ』ぐらい言いそうだよ」

「よくわかってるな……体裁の意味はわかってなさそうだけど」

「それだけじゃないよ。こうやって素直に紅茶とか淹《い》れてくれたり、さっきなんて宿題写させてくれるなんて言ったじゃん。いつもの翔ちゃんなら、絶対に『自分でやれ』って言うよ」

得意げに並べられて、翔一は自分の浅はかさに落胆した。

もうちょっとこう、自然に接していればよかったと後悔する。

というか、俺ってこんなにあみるに見透かされてるんだなと、改めて痛感した。

すると、あみるは微笑を浮かべ続けながら、どこか寂しそうに言った。

「ありがとう、翔ちゃん……気を遣ってくれたんだ」

「ま、まぁな。あんなの聞かされたら当然だろう」

「その当然のことができるの、凄《すご》いと思う。優しい……ウチなんかと全然違うね」

「は、何言ってるんだ。そりゃ、お前は無駄に騒々しいところはあるけど、だからって優しくないわけじゃ……」

「ううん。ウチはね、優しくなんかないんだよ」

そう言って、あみるはティーカップをテーブルの上に置くと――。

――突然、ぽふっ、と翔一の胸に顔をうずめた。

あまりにも自然で、かつ、いきなりな動きで、翔一も止めることができなかった。

「お、おい？」

焦って引き離そうとし――翔一はあみるの体が震えていることに気づく。

「ウチ、優しくなんかないの……酷《ひど》い子なの……」

「え……？」

「お母《かあ》さんが一生懸命病気と戦ってるのに、三ヶ月《かげつ》もお見舞いに行かずに、ずっと避け続けてたの……」

その声も、体のように弱げに震えていた。

あみるはもう笑ってはないと、翔一《しょういち》にもわかった。

覚悟を決め、彼女に向き合うつもりで尋ねる。

「……見舞いに行かなかったのは、どうしてなんだ？」

「だって、怖かった……病院に行って、お母《かあ》さんに何て話したらいいかわからなかったの……ウチ、何もできないのに……」

「何も、できない？」

「うん、何もできないんだよ……お母さんがそこにいるのに、もうすぐしたら死んでいなくなっちゃうかもしれない。でもウチじゃ、それ、どうしようもできない……そんなこと考えると、怖くてお母さんの顔見れなくなってた……」

「…………」

「だから、だからウチ……ずっとお見舞い行くの避けてた！　お母さんが一人で寂しいのわかってるのに、自分が怖いからってだけで、お母さんのことずっと放っておいたの！　酷《ひど》いでしょ……」

「あみる……」

「そのうち、お医者さんが新しいお薬、お母さんのために取り寄せてくれた。それが効いて、きっとお母さんもそのうちよくなるだろうって、ウチは思い込むことにした。それならお見舞いの必要もないって、そう考えて……」

「でも、薬は効果がなかった……」

その話を聞いた時、あみるがどれほど絶望したのか。翔一には想像できなかった。

見舞いに行かなかったことで、あみるは自分を責めているが、翔一は正直仕方ないと思っている。自分だって、死ぬかもしれない親に会うには、相当の勇気を必要とするだろう。やはりあみるみたいに、会うことを躊躇《ためら》うに違いない。

そんな彼女にとって、新薬とその投薬結果は唯一の希望だったに違いない。それがあったから、今まで気を楽に出来たのに、その糸がぷっつりと切れた――。

（いや……）

自分の考えに、訂正を施す。

親の死が間近に迫っているのだ。薬があるからって、そんな楽観的になれるものか。

あみるはずっと不安と戦ってきたのだろう。頼みの綱である新薬の結果を聞きに行くのにも、かなりの勇気を必要としたはずだ。だから自分を誘った――と思う。

向き合うのにとても辛《つら》い現実。それをずっと抱えて、生きてきた。

（それなのに、こいつは……）

翔一が、ある考えに達そうとした時。

不意に、あみるが顔を上げた。

想像通り、顔がぐちゃぐちゃに濡《ぬ》れている。目も赤い。

それでも彼女は、それをぬぐうと、翔一《しょういち》からよろよろと離れた。

「あ……」

「どうしたんだ？」

「あ、その、ごめん……翔《しょう》ちゃんに言ってもしょうがなかったよね、こんなこと」

「…………」

「本当、ごめんね。頭が、ぐちゃぐちゃっとなってて……でも、もう迷惑かけないから。翔ちゃんも気にしないで……」

そうして、無理に笑顔を作ろうとする。

翔一が、我慢の限界を迎えたのはその時だった。

「お前、バカだろ」

「え……」

あみるが驚いたのは、翔一の口調が辛辣だったからではないだろう。

——きっと、彼が彼女を思いきり抱きしめたからだ。

翔一の胸の中で、あみるは唖然《あぜん》とした声を出した。

「しょ、翔ちゃん？」

「何が優しくない、だ。こんな時まで、人に気を遣いやがって。自分の母親が死ぬかもしれない？　そんなこと……平然と語れる人間なんて、この世にいるもんか」

「……」

「あみる、こういう時に無理しなくていい。辛《つら》いなら、辛いって言っていい。助けて欲しいなら、助けて欲しいって言ってもいいんだ。俺はまだ半人前だし、頼りないかもしれないけど。それでも、できるだけお前の力になってやるから」

「翔ちゃん……でも、それは迷惑」

「迷惑なんじゃないか、なんて聞くなよ。俺だって冷血漢じゃないんだ、こんな境遇の女の子を放っておけるはずないだろ。そっちの方が後味悪い。それに……何だかんだで、お前とは小さい頃からの腐れ縁だからな。面倒見るのももう慣れた。慣れだよ、慣れ」

そう言って、翔一は苦笑してみせる。

そんな翔一の胸の中で、あみるは顔を上げると、濡れた瞳で彼の目を見つめる。

「でも……本当にいいの？　ウチ、今までいっぱい翔ちゃんに助けてもらったよ。色々とお願い聞いてもらったりして……それでも、まだ頼っていいの？」

「ああ。ただし、できる範囲でな、俺も万能じゃない。でも、できる範囲でなら……何だってしてやるから」

「翔《しよう》ちゃん……うん」

あみるは嬉《うれ》しそうにうなずくと、ぐすっ、と鼻を鳴らした。

まだ少し震えてはいるが、だいぶ落ち着いたようだ。

一度、しっかりと翔一《しよういち》に抱きついてから、少し名残《なごり》惜しそうに体を離す。

「ありがとう、翔ちゃん。何だか、元気出てきた……ウチ、翔ちゃん大好き」

照れくさそうに言ってから、目線を下に向けて付け加えた。

「本当に、大好き」

「……何で言い直したんだ？」

「さぁ、よくわかんない」

そう言って、もじもじとシャツの襟元を掴《つか》むあみる。

その姿が妙に蠱惑的《こわくてき》で、翔一は思わずドキッとした。

慌てて、違う話題に切り替える。

「あ、後な。お前は気にするなって言ったけど、そもそも俺にとってもおばさんのことは無関係なんかじゃないんだ。何しろおばさんに、お前のことを頼むって言われているから」

「……お母《かあ》さんが？」

「ああ。でも、一方的に押しつけられても迷惑だからな。おばさんには治って、お前の面倒を見てもらわないと困る……だから、俺も協力する。おばさんを治す他の方法がないか、

二人で探そう」

「他の、方法……」

その考えはなかったのか、あみるは戸惑いながらも、顔に少しだけ希望の色を浮かべる。

「あるのかな、他の方法」

「あるのかな、じゃない。絶対に見つけるんだ。もちろん俺たちは素人《しろうと》だ、だから基本的には医者に頼むしかない。でも、俺たちにだって諦めずに信じることはできる」

「信じる……？」

「そうだ。オカルトだってそれが大事と、前にも言っただろう。地動説の存在を疑わなかった人が、今の学界に大きな功績を残したんだ。俺たちもおばさんが助かると信じて、何度でも医者と相談しよう。そして必ずその方法を見つけよう」

「………」

あみるが黙りこくったので、翔一《しょういち》は「強引だったか」と少し後悔した。

オカルトと人の生死。結びつけるのは不謹慎かもしれない。

しかし翔一は真剣だった。あみるに諦めてほしくないし、自分だって諦めたくない。

だから——やがて、あみるはおずおずと口を開いた。

「翔《しょう》ちゃんも、信じてくれる？　お母《かあ》さんが助かる方法があるって」

「当然だ。俺は絶対に諦めない」

「わかった……じゃあ、ウチは翔ちゃんを信じる。お母さんは絶対助かるって、信じてくれる翔ちゃんを信じる」

それが、今まで現実と向き合ってきたあみるの、精一杯の妥協なのだろう。

それでいいと翔一はうなずいた。本音を言うなら、もっと前向きになってもらいたいが。

それは、少しずつでかまわない。

そして──ここでやっと、あみるは笑顔を見せてくれた。

翔一は胸をなで下ろす。

(これなら、もう大丈夫だな。後は一晩寝れば復調するだろう)

現段階での自分の役割も、もう終わったようだ。

翔一が内心つぶやきつつ、自分も寝る準備をしないといけないな、と考え始めた時。

突然、あみるが「あっ」と声を上げ、翔一に迫った。

「そうだ。ねぇ、翔ちゃん。さっき、何でも力になってくれるって言ったよね?」

「え? あ、ああ、できる範囲なら……」

「じゃぁ、早速だけど、一つお願いがあるの」

その甘えるような声に、何か嫌な予感を覚えて、翔一は思わず後ずさった。

○

「何でもなんて、言わなければ良かったな……」

ぶつぶつこぼしながら、翔一《しょういち》は体を縮こまらせた。狭い。ただでさえ狭い布団の三分の一に身を押し込もうとしてるから当然だ。

真ん中三分の一は空白で、残る三分の一にはあみるが寝っ転がっていた。

「ねぇ、翔《しょう》ちゃん。ちょっと狭いよ。もう少しそっち行っていい？」

「ダメだ。そこから入ってきたら、二度とお前の願いは聞かないからな！」

「もー、どうせならくっつきたいのに。ケチなんだから。ぶーぶー」

とんでもないことを口にして、あみるはぶーたれる。

彼女の提示してきたお願いとは、言わずもがな、翔一と一緒に寝ることであった。

何でも、一人で眠るのが寂しいらしい。子供みたいな言いぐさだ。

『だって、ひとりぼっちでいると、どうしてもお母《かあ》さんのこと思い出すし！　翔ちゃんと一緒なら安心して眠れる気がするの！　今日だけ、今日だけでいいから！』

真剣な顔でそうせがまれては、翔一も無下《むげ》にはできなかった。

だが、自分の隣で——スペースを空けているとはいえ——裸の上にシャツしか着てない女の子が寝てるという状況は、この上もなく心臓に悪い。

翔一はごろんとあみるに背を向け、なるべく彼女を見ないように努めた。

(眠れ、眠れ、眠れ、眠れ、眠れ、眠れ)

　必死に自分に言い聞かせる。

　五十回復唱したところで、背中を細いものが、つー、と滑る感触が走った。

「おい、あみる。何やってるんだ……」

「別に……ふふ、翔ちゃんの背中大きいね」

「や、やめろ、指でなぞるな。くすぐったいだろ。それにこっちに来たら願い聞かないって言ったぞ！」

「腕のばしてるだけだもん」

　あみるはくすくす笑ってから、少し感傷に浸った声を出した。

「でも、翔ちゃんの背中本当に大きいよ。男の子だねぇ」

「お、大きくはないぞ。いや、お前よりは大きいだろうけど。男子の中でも、どっちかというと、華奢《きやしや》って言われることが多いし……」

「そうかなぁ。そんなことないと思うんだけどなぁ……翔ちゃん、小さい時に一緒にお昼寝したこと覚えてる？」

「何回もあっただろ、そんなの」

「そうだね。だから、ウチも寝ている翔ちゃんの背中見たこと、何回もある。でも、その時は何も思わなかった。向こう向いてるな、ちょっと寂しいな、ぐらいで。普通にお友達の背中だなって思ってた」

「……今は違うっていうのか？」

「うん。翔《しょう》ちゃんの背中、お父《とう》さんみたい」

「え？」

「ウチね、小さい時お父さん死んじゃったでしょ。だからあまり覚えてないんだけど、こんな広い背中があって、それにウチがもたれかかって遊んでたの、覚えてる」

「…………」

「こんなに大きいのに、死んじゃうと無くなっちゃうんだね……お母《かあ》さんもそうなるのかな。そうなったら、ウチ一人になるのかな……」

「あみる」

翔一《しょういち》は少し焦った。あみるの声が、どこか寂しそうに聞こえたからだ。

少しは元気を取り戻したと思っていたが、やはりそんなことなかったのだろうか。

「ねぇ、翔ちゃん」

濡《ぬ》れたような声が、翔一の耳に響いた。

「ウチ、一人は嫌だよ……」

「……」

翔一ははっとして、目を見開いた。あみるの言葉に何か応えてあげたいと思ったが、何も出てこない。

そして、数秒後。

背中から、穏やかな寝息が聞こえてくる。

「眠ったのか……声が寂しそうだったのも、眠かったからかな」

少し考え込んでから、意を決してあみるの方を向いた。

横向きのまま目を閉じて、小さく呼吸を繰り返す少女の姿がそこにあった。

口が、むにゃむにゃと、言葉をつむぐ。

「お母さん……」

その声は寂しげに聞こえた。

目の端から滴が流れてないことに、翔一は安堵《あんど》した。

彼女の顔を見つめたまま、ぼんやりとつぶやく。

「あみる、ずっとおばさんのこと考えてたんだな」

それは今に始まったことではない。彼女はずっと絶望と一緒にいたのだということを、翔一は思い出した。

でも、教室で友達と話すあみるは、とても明るくまぶしくて——翔一の胸に、ふと後悔の念が押し寄せた。

（俺は、バカだったたな。あみるのことを何と言っていた？）

騒がしい。ノリが軽くて、元気いっぱいで、余計なことしかしない。

ずっと、羨んでいた。悩みなんかなさそうで、自分から離れていった後もさぞかし気楽な人生を送っていたのだろうと。一流の大学に入るためハードな自主勉強をしている自分のように、苦労なんてしてないのだろうと。

――悩みや苦労がない人間なんて、この世界のどこにもいないだろうに！

（本当に、俺はバカだ。自分だけが苦労してるって思ってた。いや、そう思いたかったんだ。志望した高校に、不運で入れなかったから。不条理な現実に耐えられなかったから。だからあみるのことを勝手にお気楽と決めつけ、心の平穏を保とうとして……でも）

でも、違った。あみるも、不運や不幸に見舞われていた。それも、自分よりもよっぽど不条理な目に。

それでもあみるは負けず、明るく精一杯生きていたのだ。そんな彼女をお気楽だと羨む資格など、自分にあるはずがない。

（いや、あみるだけじゃない。あみるの周りにいる騒がしい奴《やつ》らも、脳天気に見えるクラスメートの連中も。きっと、何かしら悩みを抱えているんだ……）

それを他人に見せないだけで。

自分は、そんな簡単なことにも気づいていなかった。翔一《しょういち》は嘆息すると、あみるの閉じたまぶたを見つめた。

「なぁ、あみる。俺はどれだけお前に報いたらいいんだろうな。大切なことに気づかせてもらったんだ……自分の愚かさと、学ばなければならないことに。それを教えてくれたお前には、きっとこの先、いくら尽くしても尽くしたりないだろうな」

本人が起きていたら、絶対に言わない言葉を口にしながら、翔一はあみるののばした手を握った。小さく、柔らかい感触が、自分の手のひらをほんのりと温める。

この時、翔一はあることを誓った。

手を離して、そのまま目を閉じる。

「これからも、ずっと……」

その言葉を最後に、翔一は眠りに落ちた。

第一〇話 約束始めました

翔一《しょういち》とあみるが唯《ゆい》のお見舞いに訪れてから、一週間以上が過ぎた。

その間、翔一はあみるにしっかり勉強を教えたし、あみるは翔一の世話を甲斐甲斐《かいがい》しく焼いていた。

二人で、協力関係を決めてから何も変わらない日々。

しかし、変化は少しずつだが訪れていた。


「よぉ、鹿島《かしま》。たまには皆《みんな》でキャッチボールでもしないか」

昼休み。翔一が授業の予習用にノートをまとめていると、後ろから声をかけられた。

振り返ると、そこに八木健介《やぎけんすけ》が立っていた。他のクラスメートも、数名いる。

「キャッチボールか？」

「ああ、勉強もいいけどさ、たまには外で遊ぶのも楽しいぜ。いいだろ、な」

「まぁ、いいだろ」

「そうか、やっぱりダメ……いいの!?」

ノートを閉じて、席から立ち上がった翔一を、八木は目を丸くして見つめた。

翔一は、首を傾《かし》げてみせる。

「どうした、誘ったのお前だろ」

「それはそうだけど、いつもなら勉強したり、河童《かっぱ》やら雪男の本でも読んで忙しいから、断ると思ってさ」

「忙しいのは実際そうなんだけどな……まぁ、人付き合いも悪くないって思っただけさ」

翔一はそう言って、のびをしてみせた。八木の肩を叩《たた》いて、「行こう」と促す。

「あ、ああ」

八木もうなずくと、クラスメートと共に教室を出ようとした。

と、その肩を、がっしりと翔一が掴《つか》む。

「ああ、それはそうと、その前に、一つ言いたいことがある」

「へ？」

「いいか……河童は妖怪、雪男はUMA《ユーマ》だ！　目撃場所も全然違うし、そもそも背負ってる歴史が違う！　適当に一緒くたに扱うんじゃない、わかったか、平野《ひらの》！」

「わ、わかったわかった、顔が近い……というか、だから俺は八木だって！　前より離れてるじゃないかよ、おいいいい！」

そんなこんなでわいわい言い合いながら、翔一《しょういち》とクラスメートたちは外に出て行った。

男子たちがキャッチボールに向かうのを、あみるはぼんやりと見つめていた。

否、実際には一人しか見ていない。何となく、ため息が出る。

と、一緒に喋《しゃべ》ってた友人が、眉をよせて聞いてきた。

「どうしたの、あみる？　ため息なんか吐《つ》いてさ」

「あ、何でもない、何でもないって」

「マジで～？　その割には、ガリ勉鹿島《かしま》のこと見てたじゃん」

「何か嫌がらせでも受けた？　私の親戚、弁護士だから何か相談できるかもよ？」

「あはは、そんなんじゃないってば。ただ、ちょっと……」

自分でもよくわからない感覚を当てたのは、隣に立ってるメアだった。

「寂しいんでしょ。鹿島が男子たちに取られたみたいで」

「あー、そういう感じ、かな。翔《しょう》ちゃん独り占めにできないもんね」

素直なあみるは、素直に自分の気持ちを語った。

ざわっ、と友人たちの間に戦慄が走る。

「これヤバくね？　本格的に、あみる落ちたんじゃね？」

「そうかも。まぁ、あみるのことだから、自分の気持ちに気づいてないかもだけど……」

「でも、時間の問題じゃね……あれ、メアどうしたん？　ハサミなんか出して」

「うん。ちょっと汚物を排除してくる。無垢《むく》なあみるを穢《けが》させるわけにはいかないから」

「爽やかな笑顔で何言ってるのぉ!?　ちょっ、落ち着いて！　凶器はしまってぇ！」

「ストップ、ストップ！　さすがに殺しはまずい！　フォローできない！　ていうか前から思ってたけど、あんたあみるに過保護すぎぃ！」

わーわーと騒ぎ立てる友人たちを見て、あみるは「？」と首を傾《かし》げてたが、やがて時計を見てぼんやりつぶやいた。

「あーあ。早く学校終わらないかな……そうしたら、お世話できるのに」

その声には、ただの世話好き以上の感慨が篭《こ》もっていた。


ちょっとした変化を受け入れ、翔一とあみるの日常は続いていく。

その間に、二人はたびたび唯《ゆい》の入院する病院を訪れ、医者と何度も相談をした。

「すぐに新しい手段は用意できませんが、手は尽くします。ご協力ください」

医者の言葉にうなずき、口を出せるところは積極的に口を出し、二人は唯の回復をひたすらに願った。

あみるも唯と正面から向き合えるようになり、親子として幸せな時間を過ごせるようになった。二人とも未来に不安は抱きつつも、それでも笑い合っている。

とりあえずは現状、これ以上望めるものはないだろう。

すべては上手《うま》く行っているはずだ。

――はずだったのだ。

だが、さらに数週間が過ぎた後。とんでもない事件が、二人を待ち構えていた。

○

「え、えっ、ええええええっ？」

素《す》っ頓狂《とんきょう》な声を上げて、あみるは目を大きく見開いた。

生徒のほとんどが帰宅し、静まりかえった教室。翔一《しょういち》の机を見てのことである。

正確には、机の上にある答案用紙の数々を見ての絶叫だ。

そこには、つい先日行われた中間テストの解答用紙が並べられていた。

「七〇点、七五点……六八点なんてものもあるな」

翔一がぼんやりつぶやいた。あみるは、はらはらとして青ざめ、答案用紙を再度見る。

これが自分の点数なら万々歳だ。四〇点以上取ったことがない彼女にとって、これ以上にない快挙になる。

だが、残念ながらこれは別の人物のものだった。

「どうして、翔《しょう》ちゃんの点数が落ちてるの……」

「知らないよ……あーあ、八〇点未満なんて取ったことないのになぁ。最低点数、六八点まで下がるとは」

「それでも、ウチの今回の最高点数より一〇点以上高いんだけど……」

複雑な表情でつぶやきながらも、あみるは首を傾《かし》げて考え込んだ。

なぜ、翔一の成績が落ちるようなことになったのか。

心当たりは一つしかない。

「翔ちゃん、ごめん！」

「うわっ、何だ！　突然土下座とかやめろ、人に見られると体裁悪いだろ！」

「でも、でも、翔ちゃんの点数落ちたの、絶対にウチのせいだし！　ウチに勉強教えてたぶん、翔ちゃんの勉強がおそろになったと思うの！」

「『おろそか』な。ペアルックになってどうする……というか大丈夫か。それ使った問題現国に出てきてたぞ。後でチェックしないといけないな」

「うぇ？　え、えへへ……じゃなくて、その、本当にごめん！　ウチの勉強なければ、もっと勉強できたのに！」

思わず誤魔化《ごまか》し笑いを浮かべたあみるだが、すぐにもう一度深々と頭を下げる。

しかし、翔一は何でもないように手を振った。

「いいって、いいって。それよりお前の方はどうなんだ。ちゃんと目標達成できたか？」

目標。点数を全部五〇点以上取るというものだ。

あみるは、改めて自分の答案用紙をチェックしながら、うなずいた。

「う、うん。何とか全部五〇点以上取れたよ」

「そうか。なら第一関門突破ってところだな。点数上がったぶんは、俺のポイントとして換算しておくぞ」

満足そうに手帳を開く翔一《しょういち》に、あみるは不安げに眉尻を下げた。いつもなら、翔一のポイントが増えたぶん自分も家事ができると喜びそうなものだが、その様子もない。

おずおずと尋ねてくる。

「あの、翔《しょう》ちゃん……怒ってないの？」

「怒る？　どうして。俺は、お前に勉強を教えるという前提で、自分の勉強もしてたんだ。それが達成できなかったとしても、それはお前のせいじゃない。俺自身のせいだよ」

「で、でも……」

「大丈夫だ。この程度、まだこれからいくらでも挽回《ばんかい》できる。それに、学校の勉強で得られるものは、しょせんその程度のものだ。俺はもっと、大切なことを勉強しないといけないってわかったから」

「大切なこと？」

あみるは、母の死を恐れながらも一生懸命明るく振る舞っていた。

他の生徒たちも、それなりに悩みや苦しみを抱えつつ生きているに違いない。

そんな彼らに向き合い、理解するのも大事なのだと、翔一は思い始めていた。柔軟な思考を得るには、色々な人について学ぶことも大切だ。視野を広げることで、きっと得られるものがあるはずだ。

（まぁ、人付き合いも勉強のうちってことだな）

だから——彼は気が付けば、こうつぶやいていた。

「俺はちゃんと他人を理解できるようになりたい。そのために、まずお前を理解する」

「え？」

「今のお前は不可解の塊だからな……いや、小さい頃のお前なら理解できてたのかと言われると、自信ないけど。とにかく、今のお前のこと、ちゃんと理解できるようになる。そうしたら、もっと効率よく勉強も教えられるようになるしな」

「でも理解ってどうやるの？」

「まぁ、とりあえず、お前と一緒にいるよ。理解できるまで、ずっと」

あみるはその言葉を頭の中でいじくってたようだが、やがて目を瞬《まばた》かせて言った。

「え、それって……プロポーズ？」

「何でだ！　何でそうなる！」

「だって、だって、一生ずっと一緒にいるって言ったじゃん！」

「一生なんて言ってない、理解できるまでだ！　いやまぁ、お前なんて一生かかっても理解できないかもしれないけど……」

「……やっぱりプロポーズだぁ」

「だから、何でそうなる！　まったく……バカなこと言ってると、愛想尽かすからな」

「あはは、冗談だよ、冗談」

慌ててあみるが笑いながら、翔一《しょういち》の手を握ってぶんぶんと振った。誤魔化《ごまか》してるつもりらしい。

早くも彼女の理解に挫折を感じ始めた翔一だが、それでも、と胸中で小さく息を吐いた。

(それでも、こいつと一緒にいてやらないと……おばさんにも、よろしくと頼まれたしな)

少なくとも、あみるを支えてやるのは自分の義務だ。翔一はそう考え、これからもあみるのそばにいることを、密《ひそ》かに誓っていた。

——まぁ、こいつには言わないけどな、こんな恥ずかしいこと。

(それに、あみるのことを理解しようと思ったのも本当だし。こいつは妖怪以上に不思議で、なかなか研究のしがいがある相手だ)

と、そのあみるが翔一から手を離し、うーんと伸びをした。

「じゃあ、翔《しょう》ちゃん。ウチを理解したいんなら、ウチの友達のことも理解してよね」

「あ、ああ……クラスメートとも、前よりは積極的につき合おうとは思ってる」

「なら、決まり！　今からメアちゃんたちと打ち上げで、カラオケやろうって話になってるんだよ！　翔ちゃんも行こ！」

「えっ⁉」

「あはは、翔ちゃんの歌って久しぶりだよね、楽しみ～」

「い、いや、ちょっと待て。いきなりそれはハードル高すぎる！　俺、男子のクラスメートとも、まともにどっか遊びに行ったことないんだぞ！」

「大丈夫大丈夫、来るの女子ばっかりだし。翔ちゃんはくつろいでくれれば……」

「最高に難易度高いだろうが！」

　顔中に脂汗をにじませて、翔一は拒否するが、あみるは強引だった。

　悔しいことに、引っ張る力は彼女の方が上だった。翔一は改めて、体も鍛えないといけないと自分に言い聞かせる。

（くそっ、あみるめ……今日帰ったら、みっちりしごいてやる。テストで間違ってる点を徹底的に洗って、たたき込んでやるからな）

　心に誓った、その時。

　あみるがこっそり、囁《ささや》いてきた。

「翔ちゃん、今日の晩ご飯は何がいい？」

「え？」

「今日のカラオケで、みんなと仲良くできたら……ご褒美に、翔《しょう》ちゃんの好きなもの何でも作ってあげる！」

「お前なぁ……」

急にお母《かあ》さんモードだ。本当にこの娘は、理解しがたい。

翔一《しょういち》は肩をすくめつつ、そっぽを向いた。

「何でもいいよ、適当にしてくれ。何ならカップ麺でもいいぞ」

「もー、わざと言ってるでしょ翔ちゃん！　そういうのは体に悪いんだからね！」

「いいや、論理的に言えば、食べ物として摂取できるんだから何らかの栄養は存在しているはずだ。サプリでバランスさえ補えば、立派な食事になる」

「ダメ！　ちゃんとしたご飯は心の栄養です！　そういうこと言ってると、今日は翔ちゃんに不足しがちな、ピーマン中心でいくし！」

「お前、それはずるいぞ！　わかった、ちゃんと考えるから！」

そんなことを言い合いながら、二人は騒がしく教室を出て行った。

あとがき

最近になって、ずっとお気に入りだったゲームのオンライン版に手を出しました。

今まで「オンラインゲームとか仕事に手がつかなくなるからまずいだろ」と封印していたのですが、友達が楽しそうにやってたのでついに解禁！

実際やってみると、仕事に手がつかないとか、そんな心配は無用でしたね。

——外出もままならなくなっております！

仕事以前に、人間としての尊厳の危機。朝から始めて、気がついたら日が暮れているなんてことも。いかん、いかんぞぉ。ちゃんとお日様の光も浴びないと！


そういうわけで（？）、初めまして。もしくはお久しぶりです。

番棚葵《ばんだなあおい》です、新作をお届けに参りました。

今回は番棚には珍しく、ド直球な一対一の学園青春ラブコメです。合理主義な堅物主人公と、ギャル系ＪＫヒロインの、持ちつ持たれつな関係を堪能《たんのう》してくださいませ。

ちなみに作中で主人公の翔一《しょういち》がやっていたゲームが、冒頭に書いた作者がハマってるゲームです。近未来のアメリカに核ミサイルがバンバン乱れ飛ぶＦＰＳ（一人称視点で銃などを撃つゲーム）で、イベントもシニカルでユニークなものが多く、自分としては大好物！

これは他人にもやって欲しいと思い、主人公にもやらせていたわけです。

ただ、翔一はかなり手際よくやってましたが、番棚はぶきっちょな方なので、基本の操作が粗雑。隠れて行動するスニーキングを決め込んでいる割に、すぐに敵に見つかり、よくわーきゃーと逃げ惑っております。

最近は手榴弾《しゅりゅうだん》などで爆撃もたしなんでいるのですが、投擲《とうてき》も下手《へた》で自分も巻き込み死亡することが多い始末。敵を倒す前に己が倒れてどうするという感じですが、それでも楽しいと感じてしまいますね。オンラインFPS、最高。

さて、そろそろ紙面もつきてきたのでここで謝辞を。

まずはMF文庫J編集部の皆さま、大変お手数をおかけしました。おかげで良い作品が書けたと自負しております！

素晴らしいイラストを描いていただいた、浮輪汽船《うきわきせん》さま。本当にありがとうございました！　キャラクターが生き生きとしていて、とても嬉《うれ》しいです！

個人的にお世話になったユッキーさま、プーヤンさま。お助けいただき感謝です。

そして読者の方々に、最大のお礼を——本当にありがとうございます！

また、次回にお会いしましょう。

MF文庫J

エプロンの似合うギャル なんてズルい

2021年12月25日　初版発行

著者　番棚葵
発行者　青柳昌行
発行　株式会社 KADOKAWA
〒102-8177 東京都千代田区富士見 2-13-3
0570-002-301（ナビダイヤル）

印刷　株式会社広済堂ネクスト
製本　株式会社広済堂ネクスト

Printed in Japan　ISBN 978-4-04-681004-5 C0193

●お問い合わせ
https://www.kadokawa.co.jp/（「お問い合わせ」へお進みください）
※内容によっては、お答えできない場合があります。
※サポートは日本国内のみとさせていただきます。
※Japanese text only

◇◇◇

【ファンレター、作品のご感想をお待ちしています】
〒102-0071 東京都千代田区富士見2-13-12
株式会社KADOKAWA　MF文庫J編集部気付「番棚葵先生」係　「浮輪汽船先生」係

エプロンの似合うギャルなんてズルい
番棚 葵
ill：浮輪汽船

……あいつ、本当に変わったな

#教室のひなたと日陰

朝ご飯はちゃんと食べなきゃだめだよ

#俺の家に幼馴染が

#フェミニン
#ガーリー

#彼シャツ
あまり見ないでよ、
今ノーブラで
ノーパンなんだから

#いっしょに朝ご飯